DIRTY WEEK-END

HELEN ZAHAVI

DIRTY WEEK-END

POCKET

Titre original de l'ouvrage
Dirty Week-end

Traduit de l'anglais
par Jean Esch

ISBN : 2-266-07087-8

I

Voici l'histoire de Bella qui se réveilla un matin et s'aperçut qu'elle n'en pouvait plus.

Bella n'a rien de particulier. L'Angleterre est pleine de gens blessés. Qui étouffent en silence. Qui hurlent à voix basse pour ne pas être entendus des voisins. Vous les avez sans doute vus. Vous les avez probablement croisés. Vous leur avez certainement marché dessus. Trop de gens n'en peuvent plus. Ce n'est pas nouveau. Seule compte la façon dont vous réagissez.

Bella aurait pu avoir une réaction décente. Elle aurait pu réagir comme les gens décents. Elle aurait pu remplir son petit ventre rond de barbituriques, ou bien se jeter, avec une belle désinvolture, du haut d'une tour. Les gens auraient trouvé cela triste, mais pas inconvenant. Ah, pauvre Bella, auraient-ils soupiré en jetant ses restes dans la terre à l'aide d'une pelle. Sans doute n'en pouvait-elle plus, auraient-ils dit. Au moins avait-elle eu la décence de réagir avec décence.

Mais la douleur et Bella ne faisaient pas bon ménage. Elle fuyait la douleur, avec l'espoir de lui fausser compagnie. Elle fermait les yeux et retenait sa respiration en espérant que la douleur passerait son chemin. L'idée même de trancher dans la peau pâle et transparente, de coucher son corps nubile sur la voie de chemin de fer qui relie Londres à Brighton, de se pendre au plafond avec un fil électrique autour du cou (n'est-elle pas élégante, odorante, en pendeloque ?), cette idée suffisait presque à priver ses sphincters de leurs moyens.

Bref, la douleur n'était pas sa tasse de thé.

Peut-être y avait-il une autre raison qui l'empêchait de passer à l'acte. Une raison qui la poussait à continuer, indifférente. Peut-être était-ce l'idée d'avoir vécu et d'être morte, sans laisser de trace. L'idée qu'en mettant fin à sa vie, elle n'aurait jamais eu de passé. L'idée que personne ne connaissait son nom. Car même si elle avait une vie médiocre, elle voulait que son nom soit connu. A défaut d'autre chose, elle voulait que son nom au moins soit connu.

Certaines personnes sont douées pour la vie, d'autres pas. Bella n'était pas douée. Nul ne lui avait jamais appris comment faire, alors elle avançait en trébuchant dans le noir. Elle se heurtait au bon goût, elle se prenait les pieds dans le raffinement, elle se cognait la tête contre le mur de briques de la réussite et du bonheur éternel.

Elle n'était pas très bonne à ce jeu, mais elle avait appris à être une bonne perdante. Perdre semblait lui convenir. C'était quelque chose de familier, comme une douleur qui a toujours été en vous, et qui vous manquera si jamais un jour elle disparaît. Le plus étonnant, c'est qu'elle n'en éprouvait aucune amertume.

Elle voulait juste qu'on la laisse en paix ; apparemment, ce n'était pas trop demander. Elle attendait peu, recevait encore moins, et remerciait Dieu de ce qu'Il lui accordait.

Elle s'était fait une place minuscule, et pas question de le lui reprocher. Elle s'était creusé un espace, dans un appartement en sous-sol, dans une rue qui descendait vers la mer. En été, elle s'étouffait de chaleur ; en hiver, elle frissonnait : elle passait ses soirées à chercher l'humidité, c'était une vie morne et grise, une forme de vie mutante, une vie avortée. Mais c'était la sienne, et elle l'acceptait ainsi.

Rien n'aurait changé, personne n'aurait jamais connu son nom, sans cet homme qui l'observait. Un homme ordinaire qui l'observait depuis sa fenêtre. Un homme qui l'observait et la désirait, là, debout derrière sa fenêtre. Il la voyait dans son sous-sol, et il fallait qu'il essaie. Il n'avait pas assez de bon sens pour la laisser en paix.

Il la voyait comme un récipient vide que lui seul pouvait remplir. Il s'imaginait la tirant par les cheveux pour lui faire traverser la rue. Il s'imaginait plaquant sa main sur sa bouche pour la plier à tous ses désirs. Malheureusement pour lui, il imaginait trop de choses. Un petit esprit avec de grandes idées.

Car Bella ne pouvait pas plier.

Comme il le découvrit, comme elle le découvrit, Bella ne pouvait que rompre.

II

Et maintenant, histoire de rajouter des pages, voici l'esquisse de ce qui s'était passé avant, de ce qui la poussa à faire tout ce qu'elle se surprit à faire.

(Les détails croustillants, les détails ignobles, atroces et croustillants, les détails qui inciteront les mères à mettre en garde leurs petits garçons dévoyés : Sois sage ou sinon la Bella va venir te chercher — ces détails-là viendront plus tard.)

Tout commença cet été-là, un été chaud et lourd qui faisait miroiter l'air et fondre les murs. La plage était couverte de touristes, tandis que des excursionnistes indécents se pressaient sur la jetée et que les étudiants en langues étrangères encombraient les rues, marchant à pas lents et mangeant des hamburgers. Brighton attirait tout le monde sans exception.

Son sous-sol était un sous-sol obscur. Un sous-sol d'une profondeur et d'une obscurité inhabituelles. Elle ouvrait les rideaux de la cuisine, et la lumière s'infiltrait où elle le pouvait. Malgré tout, ce n'était pas suffisant pour lire, même en pleine journée. Même en pleine journée, elle devait rester assise sous une ampoule électrique si elle voulait lire, ce qui lui arrivait souvent.

C'était une grande lectrice. Très douée pour la lecture. Elle appréciait particulièrement les journaux gratuits qu'elle trouvait sur son paillasson. Elle aimait lire les petites annonces, pour voir ce que la vie avait à offrir. Il existait tout un monde là au-dehors et, chose curieuse et réconfortante, il n'avait pas l'air beaucoup mieux que le sien. Pas aussi moche, mais pas beaucoup mieux.

Un jour de juin, alors que les tulipes sur l'étagère commençaient à se faner, que les commissures de ses lèvres commençaient à s'affaisser, elle replia le journal, repoussa sa chaise, s'approcha de la fenêtre et leva les yeux vers le ciel.

On ne voyait pas beaucoup de ciel. Juste un petit carré bleu coincé entre les maisons. Presque pas de ciel, or Bella avait besoin de voir le ciel. Ses yeux avaient besoin de lumière et d'espace. Privés de l'un et de l'autre, ils commençaient à faiblir. Elle s'en apercevait surtout quand elle marchait dans la rue ; elle remarquait que les choses étaient de plus en plus floues. Chaque jour, chaque heure presque, elles devenaient plus floues.

Le fait de ne pas distinguer les choses avec netteté vous procure une sorte de détachement. Quand vous ne voyez pas les choses comme elles sont véritablement, quand vous n'en percevez qu'une impression. Quand vous ne pouvez plus deviner ce que pensent les gens, quand vous ne pouvez plus déchiffrer leurs expressions parce que vous ne voyez même pas leurs expressions. A moins de vous approcher très près, mais qui a envie de s'approcher aussi près de quelqu'un ?

Elle leva les yeux vers l'échappée de ciel, puis elle promena son regard sur l'arrière des maisons d'en face, celles qui tournaient le dos au dos de sa maison. Toutes les maisons étaient débitées en appartements, certains appartements étaient débités en meublés. Une population mouvante et transitoire vivait là. Etudiants, vagabonds, rêveurs. Certains ne faisaient que passer, d'autres resteraient là jusqu'à la saint-glinglin. Certains s'en iraient ; pour d'autres, Brighton représentait la fin du chemin.

Elle laissa son regard voleter négligemment sur les

toits, les issues de secours masquées par le linge, et la crasse qui semblait incrustée dans les briques. Les fenêtres grises de poussière qui ondulaient faiblement dans la brume de chaleur. Tout était légèrement miteux, légèrement souillé.

Un mouvement brusque attira son attention. Une silhouette noire s'encadrait dans la fenêtre du deuxième étage, juste en face. La silhouette leva une main et l'agita lentement. C'était une silhouette d'homme, massive. Un homme en noir. Un homme à sa fenêtre qui regardait la sienne. Qui l'observait depuis sa fenêtre.

Elle attendit qu'il fasse ce que font deux inconnus quand leurs regards se croisent par hasard. Elle attendit qu'il détourne les yeux ou qu'il s'en aille. Qu'il hausse les épaules avec un sourire embarrassé. Mais il ne bougea pas, ne se tourna pas, il n'y eut ni sourire ni air confus.

Il continua à l'observer. Comme s'il était content qu'elle l'ait remarqué. Comme s'il voulait qu'elle le remarque. Comme s'il l'avait déjà observée auparavant et qu'il était temps qu'elle le remarque.

Elle recula et tira le rideau devant la fenêtre. Elle tira le rideau, le chassant de chez elle, et avec lui la lumière.

Vous savez de quelle manière certaines personnes traversent l'existence, en se répétant que tout va bien, que tout est super, que tout va de l'avant, qu'ils sont heureux, très heureux ? Même quand ils ne le sont pas. Même quand ce sont des individus rabougris qui mènent des existences rabougries.

Vous les avez croisés dans la rue parfois, anonymes parmi la foule. Arrêtés à une intersection, ils plissent le front lorsqu'un rayon de lucidité glacée menace soudain de les transpercer. Ils sont sur le point de voir les choses telles qu'elles sont réellement. Puis une de leurs connaissances passe en voiture, klaxonne et leur fait un signe de la main ; alors le froncement de sourcils s'évanouit, ils ne sont plus seuls, ils retrouvent leur joie de vivre. Ils adressent un grand sourire à la voiture qui s'éloigne, et ils continuent à sourire en continuant à marcher. Ce large sourire idiot et fou que vous avez certainement déjà vu. Ce large et stupide sourire de gratitude.

Elle aurait dû leur ressembler. C'est parfait quand vous leur ressemblez. C'est parfait quand vous pouvez tenir le coup toute la journée et survivre à la nuit grâce aux mensonges.

Mais Bella avait sans doute commis un pêché dans une vie antérieure. Elle avait dû faire une mauvaise action, et elle devait être châtiée. Il lui manquait quelque chose à la naissance. Un élément vital qu'un ange lui avait arraché d'un coup de dents et recraché avant qu'elle n'ait le temps de le serrer dans son petit poing de bébé. Elle se voyait comme elle était réellement ; elle voyait sa vie comme elle était, et quand elle ouvrait la bouche pour prononcer une parole de réconfort, la vérité jaillissait sans la moindre hésitation.

Ce n'est pas formidable d'être Bella. Pas de lit de roses. Pas de vie indolente. Aucune joie. Et maintenant, il y avait cet homme en noir, et elle ne pouvait croire qu'il s'agissait d'une coïncidence, que ça n'avait pas d'importance. Parce que c'était faux.

Un matin d'août, assise à la table de la cuisine, elle mangeait un toast grillé et buvait du café chaud en lisant lentement le deuxième journal gratuit de la semaine. Un rayon de soleil frappait le sol et escaladait le mur dans son dos. Elle rassembla ses cheveux en un chignon qu'elle fixa sur le dessus de son crâne. Sa main frôla sa nuque. Sa peau était moite.

Encore une journée torride et sans air. Debout devant l'égouttoir, elle ouvrit la fenêtre le plus possible. La vaisselle sale encombrait l'évier, avec les restes séchés de son dîner. Elle alluma la radio. Les standards du « Southern Sound » la submergèrent tandis que l'eau coulait. Elle sourit en regardant monter l'eau savonneuse. Elle sourit toujours quand elle fait la vaisselle. C'est peut-être la musique, c'est peut-être le mouvement, mais il y a quelque chose d'apaisant dans le fait de laver la vaisselle.

Elle souriait toujours lorsqu'elle leva la tête et l'aperçut. Chemise verte cette fois. Un homme qui avait beaucoup de chemises. Un homme multicolore. Un homme aux subtils agencements de couleurs. Elle était incapable de discerner ses traits. Pas avec une vue aussi faible que la sienne. Elle ne voyait que son visage pâle et rond. Le visage d'un homme qui évitait le soleil. Elle tira le rideau devant la fenêtre, chassant ainsi la vision de l'homme qui avait peur du soleil.

Curieuse sensation de commencer la journée en fermant les rideaux. C'est mal d'une certaine manière. C'est plutôt anormal. Surtout si vous habitez au sous-sol, et si vous avez besoin du maximum de lumière. Rien ne va plus quand vous êtes obligés de masquer vos fenêtres du sous-sol. Le monde se referme autour de vous si vous vivez au sous-sol et si vous chassez la lumière.

Voilà ce qu'elle commençait à ressentir. Elle commençait à se sentir un peu enfermée.

Depuis ce jour, elle garda les rideaux tirés. Ça n'avait pas d'importance. Pas vraiment. D'ailleurs, on s'habitue à tout. Elle le savait. Elle l'avait appris. Elle laissait les rideaux tirés, sans que ça la gêne vraiment. Mais elle gardait également ses fenêtres fermées, au cas où. Et elle installa des systèmes de verrouillage, au cas où.

Bella dormit très mal cet été-là. L'été est censé être une période languissante. Une période de laisser-aller, de dissipation, de relâchement et d'abandon. L'été des autres. Pas l'été de Bella. L'été de Bella fut un été moite de sueur, tendu, humide et solitaire. Confinée, renfermée et cloîtrée. Prisonnière entre ses murs, elle purgeait son temps. Sans aucun espoir de remise de peine.

Bella a le sommeil léger ces temps-ci. C'est difficile de dormir avec les fenêtres fermées. Le vent ne vient pas gonfler la toile de vos rêves quand vos fenêtres sont fermées. Un des problèmes de Bella, c'est que sa vie manque de vent.

Elle verrouille ses fenêtres et respire l'air confiné toute la nuit. C'est ce que font toutes les Bellas du monde. Elles verrouillent leurs fenêtres et respirent l'air confiné.

Et ça les rend folles. Un peu. Suffisamment pour les ronger. Une sorte de sensation animale qui les envahit à quatre heures du matin quand le ciel s'éclaircit ; elles commencent à avoir la migraine, leurs membres pèsent des tonnes, le manque d'oxygène ralentit leur circulation sanguine.

De l'air putride et des barreaux. Des hommes se révoltent pour moins que ça.

Ce fut moins pénible quand vint l'automne. Quand vint l'automne, ce fut moins pénible. L'automne précède l'hiver, et en hiver, tout le monde se blottit chez soi derrière ses fenêtres fermées. En hiver, elle serait comme tout le monde. Alors c'était moins pénible.

Un soir de novembre, elle décida de se faire un chocolat. Il lui semblait que c'était une chose qu'on faisait en automne. Elle fit chauffer le lait dans une casserole en inox. Le téléphone sonna, comme cela lui arrivait de temps à autre. Elle baissa le gaz et se pencha pour décrocher.

— Allô ? fit-elle poliment.

Le lait bouillonnait doucement à l'arrière-plan.

— Allô ?

Un déclic. La communication fut coupée.

Elle raccrocha. Elle prit une tasse dans le placard, y versa du chocolat en poudre et ajouta le lait chaud en remuant lentement.

Le téléphone sonna de nouveau. Elle avala rapidement une gorgée et décrocha à la quatrième sonnerie. Le chocolat trop chaud lui brûla la langue.

— Oui ? dit-elle, ou plutôt supplia-t-elle.

Il ne répondit pas immédiatement. Il prit son temps. Elle devait attendre avant d'entendre la voix de son maître.

— Pourquoi laisses-tu les rideaux fermés ?

Il s'exprimait d'une voix sans accent. Impossible de le

situer d'après sa façon de parler. Il ne trahissait rien quand il parlait.

Elle jeta un regard vers sa fenêtre voilée. Est-ce qu'il l'observait de l'autre côté des jardins ?

— Exact, dit-il, je t'observe.

Elle sentait sa langue enfler dans sa bouche.

— J'ai mis du temps à obtenir ton numéro.

— Je ne suis pas dans l'annuaire.

— Je sais. (Il marqua une pause.) Tu m'as croisé dans la rue.

— Ah bon ?

— L'autre jour.

— Tant mieux, dit-elle.

— Tu aurais pu dire bonjour.

— Pardon ?

— Tu ne m'as même pas dit bonjour.

— Je n'ai pas une très bonne vue.

— Achète-toi une paire de lunettes.

— Oui, vous avez raison, dit-elle. Je le ferai.

Sa langue se mit à palpiter.

— Je voulais te dire quelque chose.

Elle se pencha pour éteindre le gaz, pour empêcher la casserole de brûler.

— Je ne sais pas comment te dire ça, reprit-il, mais il faut que tu le saches.

Elle ne pouvait pas supporter ses silences. Entendre sa voix était suffisamment pénible, écouter ses silences c'était encore pire.

— Je vois à travers tes rideaux.

— Je crains de...

— Je te vois bouger derrière les rideaux. Je parie que tu les as achetés au marché. Je n'aime pas les rideaux à deux sous. Les femmes à deux sous achètent des rideaux à deux sous.

Dans la plage de silence qui s'ensuit, elle a envie de lui répondre que ce ne sont pas les siens, elle n'est que locataire, ce ne sont pas ses rideaux, elle ne les a pas choisis, ne la traitez pas de femme à deux sous, par pitié ne la traitez pas de femme à deux sous.

— Je vois ta silhouette à travers le tissu. Quant tu allumes la lumière, je te vois bouger. J'aime ta façon de bouger. J'aime regarder chez toi, te voir bouger et savoir que tu es là. A ta façon de bouger, je sens que tu sais que je t'observe. Tu as une façon de bouger qui dit « Regardez-moi ». C'est vilain de bouger comme ça, quand tu sais que je te regarde.

Bella dans son sous-sol.

— Je ne sais pas ce que vous voulez, dit-elle.

Un petit mensonge inutile. Elle entend le son de sa propre voix. Une voix qui s'excuse, si aiguë et si faible. Une voix d'enfant. Une voix de tout petit enfant.

— Ne me demande pas ce que j'attends de toi. Demande plutôt ce que je peux t'offrir. Je ne prends pas. Je donne. Je suis une personne très généreuse. Je vais te donner ce que tu mérites.

— Si vous rappelez encore une fois, je préviens la police.

— Seulement si je rappelle ? Alors, mon appel te fait plaisir ? Je le savais. Je savais que tu aimerais ça. Je sais ce que tu aimes. Mets-toi devant la lumière, face au mur, pour que je te voie de profil. Maintenant caresse-toi. Je veux que tu fasses ça pour moi, et ensuite...

Elle raccrocha brutalement. Elle raccrocha brutalement le téléphone, se laissa tomber sur la chaise, sentant bouillonner la peur et monter la nausée. Se tenant la tête à deux mains, elle ouvrit la bouche et gémit sans bruit dans la pièce vide.

Bella dans son sous-sol.

Vous la trouvez pathétique ? Sa faiblesse vous rebute ? L'image de ses grands yeux fous de victime vous soulève l'estomac ? Ne la jugez pas. Ne la jugez pas sans avoir vécu cela.

Elle décrocha le téléphone, éteignit la lumière et resta immobile devant l'évier, dans le noir. Elle mit du temps à maîtriser ses tremblements. On tremble de peur. Ce n'est pas juste une image. Vos membres s'agitent, comme un pantin. Debout devant l'évier, elle tremblait dans le noir.

Le lendemain soir, il rappela. Elle savait que c'était lui. Elle décrocha, tout en sachant que c'était lui. Elle entendit la voix descendre le long du fil.

— Tu n'aurais pas dû raccrocher hier. C'est très impoli. Je n'aime pas les gens impolis. Ça me met en rogne. Si jamais tu recommences, je serai contraint de te punir. Tu comprends ?

Comprend-elle ? Elle a toujours compris.

— Oui ou non ?

— Oui.

— Dis que tu regrettes.

Bella dans son sous-sol.

— Dis-le.

— Je regrette.

Elle dit cela comme si elle le pensait vraiment, car c'était la vérité. Bella regrettait sincèrement. Elle regrettait d'avoir raccroché le téléphone. Elle regrettait d'avoir décroché le téléphone. Elle regrettait de l'avoir offensé. Elle regrettait d'être Bella.

— Voilà qui est mieux, dit-il. Sois gentille.

Bella dans son sous-sol. Bella enterrée dans son sous-sol. Il fait courir son ongle sur le cercueil. Il gratte le bois du cercueil. Il pianote sur le couvercle du cercueil, car elle est peut-être enterrée, mais elle n'est pas tout à fait morte.

— J'ai rêvé de toi la nuit dernière. Tu as rêvé de moi ?

Il n'avait pas le souffle rauque. L'excitation contenue ne le faisait pas haleter. Sa voix restait neutre. Presque anonyme. Totalement maîtrisée. Il parlait normalement. Il ne parlait pas comme il aurait dû parler.

— Tu as rêvé de moi ?

— Non.

— Ne mens pas. Je n'aime pas les menteurs. Tu as rêvé de moi, hein ?

— Oui.

— Que faisais-je dans ton rêve ?

— Je ne sais pas.

— Moi je sais. Je faisais la même chose que dans le

mien. Demande-moi ce que je faisais. Demande-le-moi gentiment. Demande-moi gentiment ce que je faisais, ou sinon je serai obligé de te punir.

— Que faisiez-vous dans votre rêve ?

— Gentiment.

— S'il vous plaît...

Un bruit d'inspiration avant qu'il ne commence.

— Une nuit, je suis passé par ta fenêtre. Je suis entré dans ta chambre. Je suis resté près de ton lit et je t'ai regardée dormir. J'étais là près de toi pendant que tu dormais. Tu as ouvert les yeux et tu m'as vu. Tu as voulu hurler, alors j'ai plaqué ma main sur ta bouche. Tu m'as mordu, alors je t'ai giflée. Je t'ai prise par les cheveux pour te sortir du lit. J'ai rempli la baignoire et je t'ai lavée entièrement. Après je t'ai séchée, et j'ai huilé ta peau.

Bella dans son sous-sol.

— J'aime les peaux douces.

Elle enroula le cordon du téléphone autour de ses doigts. Plusieurs fois.

— Ensuite, je t'ai baisée par terre. Je t'ai baisée sauvagement sur le sol de la salle de bains. Je te l'ai enfoncé jusqu'à ce que tu vomisses, et tu adorais ça, tu détestais ça, tu peux me croire.

Il soupira doucement.

— Voilà ce que je faisais dans mon rêve.

Elle tira sur le cordon du téléphone.

— Si tu en parles à quelqu'un, tu le regretteras. N'oublie pas ça.

Il raccrocha.

III

La souffrance n'était pas vraiment son truc. Son seuil de tolérance était extraordinairement bas. Elle n'avait pas besoin de la souffrance, contrairement à certaines personnes. Elle ne voulait pas en causer, et elle ne voulait pas la subir.

Elle croyait qu'il était possible de vivre sans souffrance. C'était un défaut de son caractère. Une faiblesse. Elle pensait que si vous ne faisiez aucun mal aux gens, ils ne vous en feraient pas. Elle pensait qu'on pouvait être doux dans la jungle.

Elle ne connaissait rien. Elle ne connaissait vraiment rien.

Après cette nuit, cette nuit où elle pénétra dans les rêves de l'homme et où il pénétra dans les siens, elle cessa de répondre au téléphone. Elle gardait ses fenêtres fermées, sa porte verrouillée, ses rideaux tirés, et elle cessa de répondre au téléphone.

L'automne se transforme en hiver, la mer passa du bleu marine au gris granit. En février, Brighton avait subi la grêle, la gadoue et la neige, et quand elle devait sortir, elle enfilait ses bottes en fausse peau de mouton avec les semelles en caoutchouc qui adhéraient au sol.

Parfois, il lui arrivait de rester assise sur le banc de Brunswick Square. Bien que la plupart des arbres aient disparu au cours de la grande tempête de 1987, c'était encore un beau square. Exception faite des mouches, exception faite des chiens. Les maisons sont de style Régence, avec des colonnes élancées et de grands balcons. Le regard peut aller de la mer aux maisons, et revenir, c'est si apaisant que vous avez parfois l'impression de vous sentir intégré.

Un après-midi, elle alla s'asseoir sur le banc. Il faisait étonnamment doux pour la saison. Un soleil délavé touchait son visage et transformait la neige en gadoue. Au bout de vingt minutes, elle commença à éprouver du bien-être. Vous pouvez rester assis là pendant des heures. Si vous n'embêtez personne, personne ne viendra vous embêter, mais vous pouvez adresser un signe de tête à ceux que vous avez déjà vus une ou deux fois. Elle aimait s'asseoir dans ce square. Elle gardait ses rideaux fermés, alors elle aimait bien venir s'asseoir ici. Elle regardait le ciel, fermait les yeux et prenait un bain de lumière. Voilà ce qu'elle faisait, quand elle s'asseyait sur la place.

Y a-t-il quelque chose de mal là-dedans ? Quelque chose d'anormal ? Est-elle trop exigeante ? Est-elle trop avide ? Trop vorace ?

Elle s'asseyait simplement dans le square. Elle s'asseyait simplement là, au soleil. Et rien n'aurait changé. Elle n'aurait pas changé, Brighton n'aurait pas changé. Rien n'aurait changé s'il ne l'avait pas aperçue cet après-midi-là, et s'il ne s'était pas assis à côté d'elle dans Brunswick Square.

Il portait un pardessus. Le noir du pull dessinait un V sous son cou. C'était étrange de se retrouver si près de lui, alors qu'elle l'avait toujours aperçu de loin, séparé par deux jardins. Alors qu'elle n'avait entendu sa voix qu'au téléphone. Et soudain, elle était si près qu'elle voyait tout. Les points noirs autour de son nez. Le sédiment au coin de ses yeux. La teinte légèrement bleutée de ses lèvres.

— Comme on se retrouve, dit-il.

Il sentait la menthe quand il parlait. Les gens qui ont mauvaise haleine sucent souvent de la menthe. Ils s'abîment les dents, mais ils ne gênent pas les autres.

— Tu as l'air fatigué, dit-il. Tu ne prends pas soin de toi.

Elle regardait fixement la mer. Elle ne voulait pas bouger du banc. Si elle quittait le banc, elle ne pourrait plus s'y asseoir. Brunswick Square deviendrait son square à lui.

— Belle journée, dit-il. Un peu froide.

Il paraissait plus jeune que ne l'indiquait sa voix. Il paraissait propre, peigné, rasé. Un jeune homme à l'air sain. Il faisait honneur à sa maman.

— J'avais très envie de te parler, dit-il. J'ai beaucoup apprécié nos conversations.

Il était en meilleure santé que la silhouette floue qu'elle avait aperçue cet été. Les journées courtes devaient lui convenir. Il avait des couleurs. Il avait un teint de lis et de rose, un rêve de jeune fille.

— J'ai lu une histoire un jour dans le journal, dit-il. (Il se pencha légèrement vers elle.) Une histoire un peu spéciale, si tu vois ce que je veux dire.

Il étendit ses jambes devant lui. Chaussures montantes en daim.

— La fille marchait dans la rue. Sans s'occuper des autres. Elle marchait simplement dans la rue. C'était en pleine journée, je crois. Dans une petite rue, par une rue principale, mais il devait quand même y avoir des gens. Elle marchait dans la rue quand une voiture s'est arrêtée à sa hauteur, et on l'a attirée de force à l'intérieur.

Ce souffle mentholé sur son visage.

— Elle ne faisait pas le trottoir. Ce n'était pas une pute, ni quoi que ce soit. Pas comme certaines.

Il tourna la tête pour regarder son profil qu'il n'avait pas eu l'occasion de voir depuis un moment.

— Ils l'ont agrippée et ils l'ont fait monter à bord. Et ils sont repartis. D'après les journaux, la fille hurlait.

Il gloussa. Un rire à peine perceptible, mais tout son corps trembla. Tout le banc trembla.

— Ils l'ont jetée sur le plancher et ils ont monté le volume de la stéréo. Ils ont roulé jusqu'à un box quelque part. Ils l'ont sortie de la voiture. Ils l'ont un peu frappée. Ils l'ont frappée encore un peu. Puis deux d'entre eux se sont occupés d'elle. Tu comprends ce que je veux dire, évidemment.

Evidemment qu'elle comprend.

— Mais le troisième, ça ne l'intéressait pas. Il a attendu qu'ils aient terminé, et tu ne sais pas ce qu'il a fait ?

Elle regarde la pelouse. La pelouse a besoin d'être tondue. Il faudrait tondre la pelouse dans Brunswick Square.

— Tu sais ce qu'il a fait, je te demande ?

Elle secoua la tête.

— Je vais te le dire, il lui a pissé sur le visage.

Il lui prit le menton et l'obligea à tourner la tête vers lui.

— Bon, il faut être juste, dit-il. Je ne suis pas bégueule, mais là, je trouve ça déplacé.

Vous savez, ce qu'on dit du mépris glacé ?

Vous savez, ce qu'on dit du charme sous la contrainte ? Conserver son intégrité ? Préserver sa dignité humaine ?

Balivernes.

Essayez d'afficher un mépris glacé quand vous vous faites sodomiser par un chef de la police turque. Essayez simplement. Belle théorie, mais ça ne marche jamais. Essayez de vous arranger avec votre dignité quand vous vous faites violer. Quand ils sont dans votre bouche. Quand ils sont plus grands que vous, plus forts que vous, et ils le savent, et vous le savez, et le sol vacille sous vos pieds, il vacille véritablement sous vos pieds ; si vous aviez un dieu, vous lui demanderiez pourquoi il vous a abandonnée.

Bella le sait. Bella l'a toujours su. Bella sait qu'en réalité elle n'a jamais possédé aucun droit. Les droits sont une illusion. Les droits n'existent pas. Vous ne pouvez pas les toucher. Vous ne pouvez pas les goûter. Vous ne pouvez pas les voir. Vous ne pouvez pas les sentir. Ils ne sont pas présents. Ils n'existent pas.

Vous possédez uniquement ce que vous pouvez défendre, et si vous ne pouvez pas le défendre, vous ne le possédez pas. Bella ne peut pas se défendre, aussi ne peut-elle s'appartenir. Bella appartient à personne et à tout le monde. Elle est à tous les hommes. Elle est la communauté originelle. A chacun selon ses besoins. Que tous s'abreuvent à son puits.

Elle regarda les mouettes tournoyer et plonger au-dessus de la mer. Elle aurait aimé être une mouette. Elle aurait pu voler là-haut au-dessus des vagues, piquer du nez et raser les vagues. Elle aurait pu lâcher ses fientes sur la tête de l'homme, si elle avait été une mouette.

Il prit son poignet fin entre ses doigts épais. Elle tenta de se libérer, mais il la tenait fermement. Elle tenta de se dégager, mais il la tenait fermement. Et il aimait ça. Elle sentait qu'il aimait ça. Plus elle se débattait, plus il aimait ça.

Les petites femmes ont l'air ridicule quand elles luttent avec des hommes grands et forts. C'est à cause de leur faiblesse. A cause de leur vulnérabilité. Comme lorsque vous voyez un policier qui emmène quelqu'un en le cravatant, car quoi que vous pensiez du flic, quoi que vous pensiez du gars aux yeux bleus habillé de bleu, il y a toujours quelque chose de méprisable dans le spectacle d'un prisonnier qu'on emmène dans la rue. Plié en deux et entraîné de force.

La prochaine fois que vous voyez cette scène, pensez à Bella. Toute sa vie, Bella a eu la tête coincée sous un bras. Toute sa vie on l'a tirée par les cheveux. Toute sa vie on l'a emmenée de force.

Il referma ses doigts épais autour du poignet fin.

— Tu devrais apprendre l'autodéfense.

— Laissez-moi tranquille.

— Tu ne devrais pas garder tes rideaux tirés.

— Je vous demande de me laisser tranquille.

— Tu n'es pas très gentille.
— Je vous en prie, arrêtez.
— Je ne fais rien de mal. Je bavarde simplement.

Il tenait son poignet entre ses doigts. Il retourna sa main et contempla sa paume.

— Tu as des petites mains. Je n'avais pas remarqué que tu avais d'aussi petites mains.

Il appuya le pouce dans sa paume. Elle sentit l'ongle s'enfoncer dans sa peau, elle sentit la peau qui se fendait. Rien de nouveau. C'est le genre de femme dans lequel les hommes aiment creuser. C'est le genre de femme qui se fait retourner comme de la terre. Une femme très souvent labourée, remuée à la fourche, étalée à coups de truelle.

— Je pourrais te briser la main, dit-il. Ta main a l'air très fragile. Je pourrais le faire maintenant. Ta main se briserait. Tu aurais la main brisée.

Il plaque la main sur ses lèvres et l'embrasse.

— Le plus drôle, dit-il, le plus curieux et le plus étrange, dit-il, c'est que tu n'es pas mon genre. Tu n'es pas ce que j'appellerais une femme attirante. Tu n'es pas le genre de femme qui m'attire. Ne te vexe pas, mais c'est la vérité.

Il sourit.

— Si tu permets que je te le dise.

Mais Bella s'en moque. Bella s'en fiche. Bella reste assise et elle écoute pendant qu'ils parlent. Elle les laisse baver dans son oreille. Elle les laisse serrer sa main, au point presque de la briser. Elle les laisse lui dire qu'ils la désirent.

Elle les laisse faire, car il le faut. Car ses os, comme ils peuvent le constater, sont des os très fragiles. Alors ne la regardez pas en pensant qu'elle ne sait pas. Ne pensez pas qu'elle ne sait pas qu'elle doit les laisser faire.

— J'ai envie de te faire mal, mais je ne sais pas pourquoi. Dis-moi pourquoi j'ai envie de te faire mal.
— Je ne sais pas.
— Tu le sais forcément.

— Non, dit-elle, je regrette.
— Je viendrai te rendre visite bientôt pour te faire regretter davantage.
Bella sur le banc dans Brunswick Square. Prenant l'air dans Brunswick Square. Voûtée sur un banc dans Brunswick Square.
Il sortit un magazine de sa poche.
— Il y a une photo qui me tracasse.
Elle posa les yeux sur la page repliée. On voyait une femme à quatre pattes. Elle portait une laisse autour du cou, et rien d'autre. Elle souriait à l'objectif par-dessus son épaule.
— Tu trouves qu'elle te ressemble ?
— Non.
— Moi, je trouve qu'elle te ressemble.
— Ce n'est pas moi.
— C'est une chienne.
— Pas moi.
— Une salope.
— Mais ce n'est pas moi.
— Vous êtes toutes les mêmes.
— Fichez-moi la paix.
— Des salopes et des moins que rien.
— Je vous en supplie, fichez-moi la paix.
— Des allumeuses et des putes qui s'offrent.
— Laissez-moi tranquille.
— Tu crois avoir quelque chose de spécial ?
— Non.
— Tu te prends pour quelqu'un ?
— Je ne suis personne.
— Ne te fais pas d'illusions.
Son doigt désigna la fente ouverte.
— Voilà ce que tu es.
Une femme d'un certain âge promenait son chien. Elle salua d'un signe de tête Bella et son gentil fiancé.
— Je vous en prie, arrêtez.
— C'est ta faute. C'est toi qui m'excites. Tu n'es qu'une allumeuse. Une sale petite pute qui fait tout pour m'exciter.

Il roula le magazine.

— Tu sais ce que je vais faire?

— Dites-le-moi.

— Je vais te faire mal. Si tu préviens la police, je te tue. Mais si tu ne dis rien, je te ferai mal simplement. C'est pour bientôt. Je viendrai chez toi et je te ferai mal. Je veux que tu imagines ce que je vais te faire. Je veux que tu te représentes mentalement toutes les façons dont je peux te faire souffrir. Songe à la pire chose que je puisse te faire, et imagine-moi en train de le faire.

Puis il s'en alla. Il se leva, fourra le magazine dans sa poche, enfila une paire de gants en cuir marron, remonta son col pour se protéger d'un vent inexistant; il lui adressa un clin d'œil, lui dit à bientôt et s'éloigna.

Assise sur le banc, elle le regarda partir.

Est-ce qu'elle compte, la dénommée Bella? Cette personne inexistante? Elle ne le pense pas. Elle pense qu'elle ne compte pas. Voilà ce qu'elle pense, à cet instant, sur le banc de Brunswick Square.

Elle pense à ce qu'il va lui faire. Elle pense à toutes les façons dont il va la faire souffrir. Elle imagine la pire chose qu'il puisse lui faire, puis elle l'imagine en train de le faire.

Comment pourrait-elle compter, cette Bella, cette Bella inexistante, cette Bella de pacotille, cette Bella qui reste assise à écouter?

Il ne l'appela plus jamais. Il n'avait pas besoin de l'appeler. Tous deux savaient qu'il s'était déjà introduit de force chez elle. Il avait déjà violé son espace et installé sa tente. Les droits de propriété par occupation du terrain. Possession vaut titre, or il la possédait déjà. Elle n'avait plus qu'à se recroqueviller dans un coin, et attendre le jour où il entrerait par sa fenêtre.

Cela aurait pu continuer ainsi. Pathétique et légèrement ennuyeux quand vous n'êtes pas directement impliqué. Un drame urbain quotidien : la décadence sans grandeur de Bella, dont la seule prétention à la gloire était son insignifiance absolue et dévorante. Bella le ver de terre, jamais à sa place. Une moins que rien.

Mais le destin peut se montrer capricieux. Le destin peut être volage. Le destin peut s'écarter de sa route un beau jour. Distant, indifférent, il shoote dans une boîte de conserve en chemin. Il n'y a rien à faire, car tout est déjà décrété. Et soudain, le destin s'arrête, il regarde autour de lui et esquisse un sourire.

Le destin découvrit Bella une nuit. Le destin vint à elle au clair de lune et murmura à son oreille.

Et en se réveillant, elle comprit qu'elle n'en pouvait plus.

IV

C'est ce jour-là que débute son histoire. Ce qui s'est passé avant, sa façon de rester assise et d'attendre, sa façon de le laisser l'observer, tout cela n'était que le prologue. Ce qui s'est passé avant n'était qu'un préambule. C'est maintenant que débute réellement son histoire.

Il était trois heures passées quand elle arriva dans les North Laines. C'est un quartier où on se rend quand on souhaite consulter un psy, se faire lire les lignes de la main, ou connaître son avenir. C'est le quartier mystique et altruiste de la ville. Là, on vous prend par la main pour vous conduire à travers vos rêves.

Elle traîna dans les petites rues adjacentes jusqu'à ce qu'elle trouve ce qu'elle cherchait. Quelqu'un avait fixé une petite feuille de papier derrière une fenêtre. Elle se pencha pour lire ce qui était inscrit :

SERVICES DE VOYANCE IRANIENNE

Libérez vos pouvoirs cachés

La clé est en vous

Elle descendit l'escalier menant au sous-sol, enjamba un sac-poubelle et frappa à la porte. Le raclement d'une chaise sur le sol, puis des bruits de pas dans le couloir. Une voix méfiante résonna derrière le battant.

— Qui est là?

— Bella.

— Je vous connais?

— Pas encore.

— Que voulez-vous?

— Je veux la clé.

La porte s'ouvrit; elle entra et leva les yeux vers un visage décharné et blême.

— Je m'appelle Nimrod, dit-il en lui tendant une main molle. Bienvenue dans ma demeure souterraine.

Avec une grâce tout orientale, il la fit entrer dans un minuscule salon.

Il désigna un coussin en velours sur le sol.

— Je vous en prie, asseyez-vous.

Ses lèvres semblèrent dessiner un sourire.

— Est-ce une consultation que vous souhaitez?

— Oui, répondit-elle en le suivant du regard à travers la pièce.

Une ampoule de faible voltage sous un abat-jour vert projetait une lueur blafarde sur les murs.

— Pourquoi fermez-vous les rideaux dans la journée?

Les fenêtres étaient masquées par d'épaisses tentures. Elle connaissait le syndrome.

— J'ai les yeux trop sensibles, dit-il. Ils craignent la lumière. La lumière est trop claire. C'est la nuit que je préfère.

— Vous êtes poète?

— La versification fait sans aucun doute partie de mes dons. Mais vous possédez assurément celui de la perspicacité.

Il avait un beau visage osseux et ravagé; il était vêtu de noir à la manière d'un dramaturge des années soixante.

— Buvez-vous du thé?

— Oui.

— Les Anglais aiment le thé. Les Persans aiment le thé.

Il lissa sa moustache d'un air songeur.

— Nous allons parler de nation à nation.

Il franchit le rideau de perles qui masquait la kitchenette. Elle entendit de l'eau couler dans une bouilloire, puis le sifflement du gaz avant qu'il ne s'enflamme.

Il revint dans la pièce.

— Il faut attendre.

Il ramassa un coussin mauve dans le coin et le bourra de coups de poing pour lui donner la forme souhaitée.

— Que puis-je pour vous?

Il déposa soigneusement le coussin par terre.

— Dites-moi ce qui va se passer.

— C'est impossible.

— Que pouvez-vous faire alors?

— Je peux vous aider à changer.

Il s'assit en croisant les jambes et la regarda fixement, calife affamé et cadavérique.

— Qui vous dit que j'ai envie de changer?

— Vous ne seriez pas ici sinon. (Il posa ses mains sur ses genoux.) Pourquoi êtes-vous venue?

— J'ai envie de changer.

— Pour devenir quelqu'un d'autre?

— Oui.

— Un être meilleur?

— Non.

— Quoi alors?

Elle observa une veine pourpre qui se mit à battre sur sa tempe.

— Arrachez mon cœur et mettez une pierre à la place. J'ai un désir de vengeance.

— Vous parlez comme un Persan.

— Merci.

La tête penchée sur le côté, il écouta l'eau qui commençait à bouillir.

— J'aime ce bruit, dit-il. C'est un bruit rassurant. (Ses yeux noirs étaient remplis de mélancolie.) L'enfer doit ressembler au bruit de l'eau qui bout. En plus fort.

Soudain, il se leva en chancelant. Il n'avait pas un très bon équilibre. Il n'avait pas l'air d'un homme équilibré.

— Le thé est prêt.

Elle le suivit dans la kitchenette. Il n'y avait aucun placard, juste des étagères où s'empilaient des paquets de riz et des tomates en conserve. Elle jeta un coup d'œil au lino vert foncé sur le sol de la cuisine. Voilà une éternité qu'elle n'avait pas vu de lino. Même son médecin avait fait enlever le sien. Il éteignit le gaz, souleva le couvercle du samovar et laissa la vapeur s'échapper en volutes. Il se servait de sa main gauche. La droite était un moignon atrophié recouvert de chair cicatricielle. Il lui jeta un regard.

— J'avais une main désobéissante, alors elle a été punie.

En fredonnant, il versa le liquide brun dans des tasses en porcelaine.

— Le thé est noir, comme vous pouvez le constater. Le lait dans le thé est une abomination païenne.

— Y a-t-il longtemps que vous êtes voyant ?

Il fixa une tache d'humidité sur le mur en fronçant les sourcils.

— Un mois environ, répondit-il en lui tendant une tasse et une soucoupe.

— Ça fait longtemps, dit-elle. Et avant cela ?

— Avant cela, je nettoyais les tables au McDonald's, avant cela je travaillais sur la jetée, avant cela je vendais des glaces avec des copeaux de chocolat, avant cela j'entretenais des jardins privés, et avant cela j'étais à l'hôpital à cause de mes nerfs, et encore avant cela, j'attendais qu'on examine mon cas à Pentonville, et avant cela, je logeais à l'auberge de jeunesse de Harmondsworth.

— Et avant cela ?

— Avant cela, dit-il, je vivais à Téhéran. Je mangeais des abricots et des figues, et de l'agneau rôti si tendre que la chair se détachait de l'os. J'écrivais dans un journal de langue anglaise. D'où ma formidable maîtrise de votre langue maternelle.

Il but une petite gorgée de thé et la suivit dans le salon.

Ils déposèrent leur tasse sur une table basse et se réinstallèrent sur les coussins.

— Afin que vous puissiez apprécier pleinement mes conseils, dit-il, j'aimerais au préalable vous exposer les détails de ma vie aussi riche que variée, et les nuances subtiles de mes visions, les détours infiniment complexes de mon monde intérieur.

Il s'interrompit et se pencha pour faire glisser sur la table un bol de mélange salé.

— Toutefois, je suis conscient... (Son soupir sembla monter des profondeurs de l'ancienne Perse)... je suis hélas conscient de la nature fondamentalement financière de notre relation, le récif pécuniaire contre lequel viennent se briser nos sensibilités.

— Vous voulez dire que je dois vous payer.

— Exactement, dit-il. Mon tarif est de sept livres l'heure. En liquide de la main à la main. Voilà pourquoi je suis tenté de vous refuser le bénéfice de ma sagesse, car il émane de vous une très forte impression d'impécuniosité. Je me limiterai donc strictement, même si certains jugent cela contraire au code professionnel, à l'analyse et la résolution de votre traumatisme spécifique.

— Votre façon de parler commence à me taper sur les nerfs.

— On finit par s'y habituer. Ma mère me considérait comme un génie.

— Etes-vous fils unique?

— Plus ou moins. (Il souffla sur son thé.) J'avais quatre sœurs.

Il sirota le liquide brûlant.

— Nous habitions dans le quartier nord de Téhéran, dans une villa d'une beauté tout à fait sublime.

Il vida sa tasse.

— Nos eaux usées se déversaient sur les taudis en contrebas.

Il tamponna ses lèvres avec une serviette en papier.

— Les économistes appellent ça l'effet goutte à goutte, si je ne m'abuse.

Il déposa sa tasse sur la soucoupe et tendit la main.

— Une heure de consultation, bien que je déteste me montrer vulgaire.

Elle laissa tomber un billet de cinq livres et deux pièces dans sa paume ouverte. Il se détendit et se renversa sur les coussins, en regardant sa montre.

— Nous allons commencer.

Il glissa une cigarette turque entre ses lèvres.

— Comment ça se passe ? demanda-t-elle.

— Vous me racontez des choses.

— Quel genre de choses ?

— Des choses cachées. (Il cracha une spirale de fumée bleue dans l'air.) Des choses obscures.

— Et ensuite ?

— Ensuite rien. J'écoute. J'écoute ce que vous dites. Ce que vous dites et ce que vous pensez vraiment.

— Ça ressemble davantage à de la thérapie qu'à de la voyance.

— Appelez ça comme vous voulez. C'est une affaire à ce prix-là.

Bella prit une profonde inspiration. Elle inspira au maximum. Elle remplit ses poumons de l'air sirupeux de la pièce parfumée à l'encens. Elle vida son esprit des pensées de tous les jours, les banalités et les soucis matériels qui constituaient son lot quotidien ; elle les chassa en bloc sans faire appel aux régions sibériennes de son psychisme.

— Je m'appelle Bella, commença-t-elle.

Là, elle s'arrêta, et en voyant combien il était pâle, elle se demanda s'il mangeait des légumes verts.

— Je suis née en 1963, le jour de l'assassinat de Kennedy.

— La fin d'une époque, le début d'une autre.

— Justement.

— Un jour noir pour l'humanité.

— Il paraît.

Il tira longuement sur sa cigarette, ses joues se creusèrent. Il paraissait encore plus squelettique.

— Et vos parents?

— Mes parents?

— Ceux qui vous ont engendrée, précisa-t-il. Les géniteurs de Bella.

— Ils mangent beaucoup de fruits, ils n'ont aucune imagination, mais bien évidemment ils m'adorent. Je suis leur bébé. L'incarnation vivante de leur amour. La garantie de leur immortalité.

Elle s'interrompit et emplit sa bouche du liquide sucré et épais qui adhérait à ses dents.

— Ils habitent en banlieue, ils vont dans le Devon deux fois par an, ils lisent le *Daily Mail* et ne disent jamais de gros mots.

— Vous me semblez très critique.

— Qui suis-je pour critiquer? Ils m'appartiennent et je leur appartiens. L'argent qui leur manquait, ils l'ont remplacé par l'affection.

Elle déposa une pistache salée sur le bout de sa langue.

— Evidemment, j'aurais préféré l'argent, mais tout cela n'a aucun rapport. Bella ne garde aucune rancune.

Il s'agita sur son coussin.

— C'est tout?

— C'est tout.

— Peut-être pourriez-vous me donner une description plus complète?

— Il n'y a rien à ajouter.

— N'avez-vous ni frère ni sœur pour vous accompagner dans la vie?

— Juste un. Mon frère aîné. Tout petit déjà, il se masturbait en écoutant de la musique.

Elle remarqua son intérêt soudain, avec une certaine confusion.

— C'est important? demanda-t-elle.

— Le don de la musique est toujours un atout, déclara-t-il.

— Il possédait un sens du rythme stupéfiant.

— Un individu remarquable, on dirait.

Nimrod écrasa sa cigarette sur le bord de sa soucoupe.

— Voilà donc votre famille?

— Il me semble. Le terreau humide qui m'a nourrie. Le sol d'où j'ai jailli. Ordinaire, peut-être, mais c'est le mien.

Elle prit sa tasse pour boire une gorgée de thé noir et tiède. Elle le regarda frotter la paume de sa main sur son menton d'un mouvement lent et circulaire.

— Et vous-même, Bella? C'est là que réside le problème, si j'ai bien compris. Parlez-moi de vous.

— De moi? J'ai toujours été une grande déception pour moi-même.

— La connaissance de soi est souvent douloureuse.

— Alors à quoi bon?

— En effet.

Elle se mit à tirer des fils du tapis. Il glissa la main dans sa poche et en sortit un chapelet de perles argentées. Il se pencha vers elle.

— Déplacez-les avec votre pouce, dit-il. C'est bon pour les nerfs.

Elle prit les perles dans sa main gauche et de l'autre, elle continua à tirer les fils du tapis.

— Par où dois-je commencer?

— Commencez là où a commencé la souffrance.

Du bout de l'ongle, elle faisait aller et venir une perle du chapelet.

— Je suis entrée à l'université à dix-huit ans. Programme de culture générale. Un peu de ci, un peu de ça. Un de mes professeurs portait un blouson de cuir noir et prêchait l'amour libre. Il était très intelligent, très méchant, et je l'adorais.

— Ça a duré combien de temps?

— Pas longtemps. Une nuit, c'est tout ce qui l'intéressait. La première et la meilleure. Après avoir sucé le sang de sa victime, il s'en allait. Il ne voulait pas connaître la suite. Une quinzaine de jours plus tard, je lui ai demandé pourquoi. « Tout homme a sa manière de voir, m'a-t-il répondu. J'aime prendre les remparts d'assaut, pour que les hommes moins forts puissent me suivre. » Il m'a fait son sourire charmeur et il a ajouté qu'il n'aimait pas boire dans une tasse sale.

Nimrod émit un grognement.

— Il faut toujours se méfier des intellectuels.

— J'ai tout plaqué dans le mois. Ce n'était peut-être pas un très bon choix, mais des squatters m'ont accueillie, des anarchistes m'ont nourrie, des hommes m'ont remplie. Fini l'amour libre, désormais ils payaient pour mettre leur cuillère sale dans ma tasse sale.

— Vous n'avez rien d'une pute.

— Je ne suis pas une pute.

— Dans mon pays, on tue les putes.

— Dans votre pays, on tue tout le monde.

— Pourquoi faisiez-vous ça ?

— Une fille doit se nourrir.

— Non, pourquoi le faisiez-vous réellement ?

— J'aimais qu'ils me donnent de l'argent.

— Combien preniez-vous ?

— Pas suffisamment. Le bénéfice sur chaque passe était infime. Et le coût, pour moi, énorme.

— Ne pouviez-vous augmenter vos tarifs ?

— Il y a toujours d'autres filles qui cassent les prix. Je n'étais pas en position de marchander.

— Il en a toujours été ainsi du travail à la pièce.

— Mais j'avais Joey, mon protecteur et mon défenseur, mon professeur et mon bourreau. J'étais sa meilleure. Il me l'a dit. La meilleure et la plus courageuse.

— Il veillait sur vous ?

— A sa manière. Il me donnait des trucs. Il me faisait des cadeaux. (Elle regarda le moignon au bout du bras de Nimrod.) J'aime les cadeaux.

— Il avait de l'argent, ce Joey ?

— Autant qu'on pouvait en gagner.

— Il vous tenait en son pouvoir.

— Totalement.

— Et vous le laissiez faire.

— Comme les autres.

— Vous n'étiez pas obligée.
— Si.
— C'était un parasite.
— Vous ne m'apprenez rien.
— Vous auriez pu le quitter. Former une association.
Elle renifla.
— Nous n'étions pas communistes.
— Est-ce qu'il couchait avec vous ?
Elle fit aller et venir les perles de son rosaire iranien.
— Il préférait les femmes qui travaillaient dans d'autres branches.
Nimrod forma une pyramide avec ses doigts et hocha la tête d'un air grave. S'il avait porté le bouc, il l'aurait caressé.
— Donc il ne couchait pas avec les putains, dit-il. Voilà un homme de principes.
— C'est une façon cruelle de présenter les choses.
— Il faut appeler un chat un chat.
— Et un mac un mac.
Il lui sourit.
— Les Anglais disent que le maquereau est pire que la prostituée. Quels sont vos sentiments envers lui aujourd'hui ?
— J'ai des sentiments partagés. Des sentiments doux-amers. Il avait son caractère et ses crises de colère, mais il savait aussi être tendre. Il pouvait se montrer très tendre. Vous pouviez lui confier n'importe quel problème, il essayait toujours de vous venir en aide.
Elle caressa une petite cicatrice sur son menton.
— Mais il n'aimait pas l'insolence. Il ne supportait pas l'insolence. C'était une chose qui le mettait hors de lui. (Son visage se détendit à l'évocation de ce souvenir.) Mais personne n'est parfait, n'est-ce pas ? Et il était toujours si élégant.
Elle n'avait pas l'habitude de se confier ainsi. Elle n'était pas du genre à analyser ce qu'elle ressentait, en face d'un homme qu'elle ne connaissait pas, en échange d'honoraires en espèces. Elle l'observa avec curiosité. Il paraissait étrange, exotique et distant.

— Vous avez des macs, vous aussi, en Iran?
— Ils dirigent le pays, répondit-il. Mais ils n'ont pas les scrupules de Joey. Ils n'ont pas les scrupules d'un Joey. Ils n'ont pas la tendresse de Joey.
Il regarda fixement le sol.
— Ils ont baisé les gens, et ils les ont laissés se vider de leur sang sur le champ de bataille.
Il haussa les épaules.
— Pardonnez ma phraséologie.
— Vous êtes libre.
Il se leva avec peine de ses coussins.
— Encore un peu de thé?
Il alla chercher le samovar et le déposa sur une table le long du mur. De la vapeur s'en échappa quand il souleva le couvercle.
— Non, ça ira, répondit-elle.
De minces volutes montaient du métal en train de refroidir; il se versa une autre tasse de thé. Puis il regagna lentement ses coussins. Il ne portait ni chaussures, ni chaussettes. Il avait des pieds nus de Persan.
— Vous avez froid? demanda-t-il.
Sa frêle silhouette fut secouée d'un frisson; il serra sa tasse dans ses mains pour les réchauffer.
— Non, dit-elle, alors que le froid de la pièce lui rongeait les os.
— Pourquoi avez-vous choisi cette vie?
— Ça me paraissait une bonne idée à l'époque.
— Vous étiez heureuse?
— Il y eut de bons moments.
— Combien?
— Deux peut-être.
— Comment ça s'est terminé?
— Un jour, il m'a dit que je me laissais aller. Il a dit que j'avais les traits accusés.
— Qu'est-ce que ça signifie?
— Ça signifie que je n'étais plus très présentable.
Elle arracha une poignée entière de fils du tapis.
— Il n'avait pas tort, reprit-elle. On ne peut pas dire

qu'il avait tort. Mais c'était un peu brutal comme façon d'agir. Un peu trop direct. J'étais sa meilleure, paraît-il, et l'instant d'après, je me retrouve dans Cromwell Road avec toutes mes affaires.

— La rupture est une peine si douce.

— C'est bien vrai. Il n'a même pas voulu qu'on fasse nos comptes. J'ai essayé d'insister, mais il a dit que je devenais insolente.

Nimrod frissonna de nouveau. Il semblait mal en point.

— Je crois que nous allons allumer l'autre résistance, dit-il en se penchant vers le radiateur électrique, puisque nous sommes deux.

Ils regardèrent la résistance du bas devenir rouge, puis orange.

— Et après? demanda-t-il.

— Après, j'ai traîné.

— Où ça?

— Un peu partout. Ici et là.

— Comment viviez-vous?

— Le mieux possible?

— Vous vendiez du sexe?

— Non, dit-elle. C'est une formule poétique, mais non.

— Je ne cherche pas à vous offenser. Il faut enlever toutes les couches pour découvrir ce qu'il y a dessous.

— Il n'y a rien dessous.

— Nous verrons. (Il alluma une autre cigarette et se pencha en avant, le paquet à la main.) Excusez-moi de ne pas vous en avoir offert une avant.

Elle glissa une cigarette entre ses lèvres et le laissa l'allumer.

— Mon seul vice, dit-elle.

Ils fumèrent en silence pendant un instant, écoutant le tabac qui se consumait. Elle ne savait pas pourquoi elle lui avait raconté tout ce qu'elle lui avait raconté. Sa mère elle-même n'en savait pas autant que lui maintenant. Non pas que ça ait de l'importance. Il ne comptait pas, et elle non plus ne comptait pas. Ils étaient deux marginaux vivant en sous-sol et jouant avec les mots pour passer le temps.

— Je me suis installée ici il y a environ trois ans, ajouta-t-elle quand le silence devint trop pesant. J'ai fait ma valise et je suis descendue à Brighton.

— Tous les chemins mènent à Brighton, dit-il. Voilà pourquoi nous sommes ici, vous et moi. C'est le terminus.

— Vous vous plaisez ici ?

— Parfois.

— Qu'est-ce que vous préférez ?

— C'est différent de Téhéran.

— Que pensez-vous de l'Angleterre ?

— Il y a trop d'étrangers.

— Comme vous ?

— Comme vous, ma chère. Comme vous.

— Ça doit faire une impression bizarre d'être un réfugié.

— Une impression bizarre, oui, dit-il. Bizarre, froide, humide et solitaire.

— Vous avez besoin d'une femme.

— J'ai besoin d'une femme.

— N'importe laquelle ?

— N'importe laquelle.

— Même une pute ?

— Elle font crédit ?

— Je ne sais pas, dit-elle. Je ne suis plus dans le coup.

— Vous vous proposez ?

— Je ne suis pas une pute. (Elle enroula une mèche de cheveux autour de son doigt.) Suis-je une pute ?

— Vous n'êtes pas une pute. Vous n'êtes plus une pute. Vous étiez une pute autrefois, maintenant vous vivez à Brighton. Moi j'étais journaliste autrefois, et maintenant je vis à Brighton. Et si vous poursuiviez votre histoire ?

— Je vous ai raconté mon histoire. Ma vie est entre vos mains.

— Je ne connais pas encore toute l'histoire. Que vous est-il arrivé ? Qu'est-ce qui vous a conduite jusqu'à ma porte ?

— Il ne s'est rien passé. Jusqu'à il y a quelques mois, il ne s'est rien passé. Je suis rentrée en moi-même. J'ai regardé à l'intérieur de moi-même et il n'y avait rien, alors j'ai envisagé de camper dans le vide sidéral. Tout s'était évaporé. L'espoir et l'envie de me battre. Tout avait fui dans le train pour Brighton.

— Une réaction à retardement face à votre ancienne vie.

— Vous croyez ?

— La haine de soi, ma chère. Je connais ça.

— Y a-t-il un remède ?

— Il y a toujours un remède.

— Ce n'est pas aussi simple.

— Tout est simple.

Le radiateur électrique poussé au maximum baignait son visage d'une lueur plus saine, mais démoniaque. Elle regarda deux étincelles rouges danser dans ses yeux en se demandant de quelle façon il arrivait à joindre les deux bouts.

— Vous touchez des indemnités ? demanda-t-elle.

— Est-ce que le soleil brille ?

— Non, pas pour moi.

— Ça fait partie de votre problème.

— Parlez-moi de la solution, pas du problème.

— La solution, comme la clé, se trouve en vous.

— Formidable. Vous devriez écrire ces messages dans les papillotes de Noël.

— J'ai fait une demande.

— Je continue ?

— Je vous en prie.

— Quelqu'un me menace. Il dit que je suis une salope.

— Comment le sait-il ?

— Il n'en sait rien. Pour lui, toutes les femmes sont des salopes.

— Que ses parties honteuses se ratatinent.

— Mes voisins évitent de croiser mon regard.

— Ils sont incapables de percevoir la vérité, dit-il. Rares sont ceux qui le peuvent. Quand je suis retourné dans ma patrie du Faux Imam, maudit soit-il ! une voix m'a visité la nuit, elle m'a dit : Scribouillard Nimrod ! Tu possèdes l'œil qui voit. Quitte ce cloaque.

— Alors vous êtes parti.

— Non, malheureusement. J'ai lanterné pendant un jour. Je me suis tâté pendant une semaine. J'ai atermoyé et tergiversé. J'ai refusé de voir les mollahs fous, et d'entendre les rythmes rances de la populace. J'ai attendu trop longtemps, ensuite il était trop tard. Non seulement j'étais devenu sourd et muet, mais également idiot.

Ses épaules osseuses s'affaissèrent.

— Quand on donne des kalachnikovs aux ramasseurs d'ordures, il est temps de partir.

Il soupira avec tristesse.

— Voilà, ma chère. « *Nil desperandum* », comme on dit au Baloutchistan. Nimrod est ici, et un jour la vengeance lui appartiendra. Comme dit le proverbe : « Sois patient, et le corps de ton ennemi passera devant ta porte. » Mais assez de glorieuses chimères. La bougie se consume et nous devons résoudre votre destin. Encore des noisettes ?

— Volontiers.

— Que ressentez-vous à part cela ?

— Je me sens comme une épave flottante, un objet rejeté sur la côte. La dernière de la course. La pluie sans que vienne le beau temps. Un simple galet sur la plage. La dernière sortie du lit et la dernière dans la queue. La dernière en tout, pour tout le monde. Je me sens perdue et abandonnée, la dernière dans la vie.

— Les derniers seront les premiers, dit-il. C'est écrit.

— C'est votre opinion franche et impartiale ?

— C'est l'évaluation sincère du scribouillard Nimrod. Ancien du Club de la Presse de Téhéran. Encore plus ancien membre de l'Institut Evin de Redressement psychologique. Actuellement résident en exil de cette excroissance sur la côte méridionale de votre pays si hospitalier. (Il alluma une autre cigarette.) Parlez-moi encore de vous. Dites-moi ce qui vous fait peur.

— Tout me fait peur.

— Mais par-dessus tout?

— Les hommes, dit-elle. Les hommes me font peur.

— Vous avez connu beaucoup d'hommes. Vous connaissez leurs faiblesses. Vous connaissez leur lâcheté. Pourquoi avoir peur d'eux?

— Leur appétit me fait peur. Leur façon de me regarder me fait peur. Ce que je lis dans leurs yeux me fait peur.

— Et qu'y lisez-vous?

— Ce qu'ils désirent, ils doivent le posséder. Ce qu'ils ne peuvent pas posséder, ils doivent le pénétrer. Ce qu'ils ne peuvent pas pénétrer, ils doivent le détruire.

— Qu'avez-vous contre la pénétration tout à coup? demanda-t-il en faisant tomber sa cendre dans la soucoupe.

Elle s'aperçut alors qu'il n'avait rien d'un charmant cinglé oriental comme il voulait le faire croire. Pour la première fois, elle le regarda avec une sorte de haine.

— Je sais ce que j'ai été, dit-il, et je ne peux rien y changer. Je ne peux rien y changer et je ne peux pas l'oublier. Mais c'est le passé. Un autre pays. C'est de l'histoire ancienne, vous n'avez pas le droit de l'évoquer.

— C'est vous qui refusez d'abandonner votre passé, dit-il. C'est vous qui en avez besoin, c'est vous qui l'entretenez.

— Facile à dire.

— Facile à dire et à prouver. Sans lui, vous n'avez aucune identité. Sans lui, vous n'avez aucune excuse.

— Mensonge.

— Ils se sont servis de vous, Bella. Ils se sont servis de vous, ils ont abusé de vous et ils vous ont rejetée. Tous sans exception. Tous les individus à trois pattes. Ils vous ont ouverte, ils sont entrés en vous et ils vous ont asséchée.

— Je ne suis pas obligée d'écouter ça.

— Ils y sont tous allés. Ils ont bien baisé. Et peu importe leur aspect. Peu importe ce qu'ils pensaient, ni même s'ils pensaient. Peu importe s'ils ouvraient la bouche et si un pet en sortait, vous deviez sourire comme si c'était un parfum divin.

— Je ne suis pas obligée de supporter ça de la part d'une saloperie de réfugié.

— Vous étiez ouverte à tous, ma chère. Ils leur suffisaient de payer le prix demandé. Un prix remarquablement bas et un excellent rapport qualité-prix. Ils payaient une livre et ils entraient. Et vous les laissiez tous entrer. L'argent n'a pas d'odeur.

— Saloperie d'étranger.

— Vous laissiez entrer tous les lépreux. Tous les débiles mentaux. Tous les estropiés. Les idiots, les puants, les geignards et les pathétiques, les courtauds, les raseurs, et les abominablement flatulents. Vous les laissiez tous entrer, vous enleviez leur crasse à coups de langue, et vous aimiez ça.

— Espèce d'ordure apatride.

— Je suis citoyen du monde.

— On devrait vous renfermer dans cette maison de dingues.

— Vraiment ?

— On devrait vous enchaîner et vous emmener.

— Docteur Bella, je présume ?

— Mais je ne vois pas pourquoi mes impôts devraient servir à vous nourrir.

— On ne va pas bien loin avec deux *pence* de nos jours.

— Salopard d'étranger, feignant et moqueur.

— J'essaie.

Elle eut très chaud tout à coup. Comme si des vagues de chaleur la submergeaient.

— Dites-moi ce que vous avez dans la tête, dit-il.

— Je n'ai pas envie que vous le sachiez.
— Je veux tout savoir.
— J'ai envie de vous attraper par le cou et de serrer jusqu'à ce qu'il se brise.
— C'est tout ?
— J'ai envie de vous étouffer.
— Et ensuite ?
— De regarder s'éteindre la lumière dans vos yeux.
Il glissa sa main gauche à l'intérieur de sa veste.
— Il y a des gens comme vous au Liban...
— J'ai envie de vous couper la tête.
— ... des chiens enragés...
— J'ai envie de vous tuer.
— ... des êtres suicidaires...
— J'ai envie de vous liquider.
— ... ils se font appeler les Hezbollah.
— J'ai envie de vous réduire au silence une bonne fois pour toutes.
— Qu'est-ce qui vous en empêche ?
— Votre force.
— Je n'ai pas de force.
— Vous êtes plus fort que moi. N'importe quel homme est plus fort que moi. N'importe quelle saloperie d'étranger puant échoué sur la plage est plus fort que moi.
— Elle respirait rapidement.
— Voilà, maintenant vous savez.
— Maintenant je sais.
Il sortit sa main de sa veste. Il tenait une petite barre de métal fine. Il appuya sur un bouton et une lame en jaillit.
Elle regardait fixement le couteau à cran d'arrêt d'un air incrédule.
— Que faites-vous ?
— Je donne vie à vos peurs secrètes.
— Quelles peurs ?
— Vous le savez bien. Vous retrouver seule avec un fou. (Il lui adressa un petit sourire sans joie.) Pauvre Bella.

Il tenait la lame devant son visage. Elle scintillait et miroitait dans la lumière tamisée.

— Vous n'avez pas peur que je vous tue?

Il posa son pouce sur la pointe de la lame et appuya jusqu'à ce qu'une goutte de sang apparaisse.

— Vous n'oseriez jamais.

— Vous croyez?

Il plissa les yeux et se pencha en avant, un petit bruit monta de sa gorge.

— Donnez-moi votre main, dit-il. Paume vers le haut.

Le métal froid frôla sa peau. Il lui prit la main et referma ses doigts autour du manche.

— C'est agréable?

Elle appuya sur le bouton, faisant rentrer puis ressortir la lame.

— C'est agréable.

Il lâcha sa main et se renversa sur les coussins.

— Vous pouvez le garder.

Elle regarda le couteau. Un magnifique couteau.

— Vous n'en voulez plus?

— Vous en avez plus besoin que moi. Considérez cela comme un cadeau. Si je ne m'abuse, vous m'avez dit que vous aimiez les cadeaux.

— Je vous suis très reconnaissante.

— Normal.

— Je ne pensais pas vraiment toutes les choses que j'ai dites.

— Lesquelles?

— Les insultes. Le bruit et la fureur.

— Je crois que si, mais ça n'a pas d'importance.

Elle attendit. Il n'en dit pas davantage.

— Vous pensiez tout ce que vous avez dit sur moi?

— Que vous étiez ouverte à tous?

Elle acquiesça.

Il haussa les épaules en feignant de regretter.

— Plus ou moins.

Elle promena son doigt sur le fil de la lame.

— Dites-moi ce que je dois faire. J'ai besoin d'une réponse.

— Vous tenez la réponse dans vos mains.
— J'ai peur de ne pas vous suivre.
— J'ai peur que non.
— Expliquez-moi alors.

Il lui tendit une cigarette et en prit une. Il se servait d'un briquet jetable. Un briquet jetable pour un homme jetable.

— Pour la plupart des gens, dit-il, le monde se divise entre meurtriers, victimes et spectateurs. Si on leur donne le choix, ils peuvent choisir d'être spectateurs. Ils peuvent rester sur la ligne de touche pour applaudir ou huer. Ils peuvent prononcer de jolis jugements moraux, condamner le criminel et louer le vertueux. Ils peuvent garder les mains parfaitement propres et leurs pensées parfaitement pures, car ils ne risquent rien, et ils ne perdront rien. Vous me suivez jusqu'ici ?
— Jusqu'ici ça va.
— Le problème, ma chère, c'est que certaines personnes n'ont pas le choix. Des gens comme vous. Des petites gens. Des petites gens avec de grands rêves. Vous n'avez pas le choix, car vous êtes un agneau. Et quand ils aperçoivent un agneau, les spectateurs eux-mêmes ont parfois envie de devenir des meurtriers. Ils aperçoivent un agneau et ils se mettent à saliver. Les agneaux leur rappellent leur terrible appétit. Vous êtes une tentation vivante, Bella. Vous les attirez avec votre faiblesse.
— Que puis-je faire ?
— Vous devez choisir votre rôle.
— Je veux être spectatrice.
— Non, vous n'avez pas cette possibilité.
— Alors je n'ai pas le choix.
— Vous avez une seule possibilité.
— Laquelle ?
— La seule.

Elle écoutait le bruit de sa montre. Elle écoutait sa montre qui égrenait les secondes.
— Je ne suis pas une meurtrière.
— Meurtrière ou victime. A vous de choisir.

— Vous pouvez vous tromper.
— Je ne me trompe jamais.
— Je ne peux pas faire ça.
— Si, vous le pouvez.
— Comment le savez-vous ?
— Je le sais.

Elle regarda le couteau dans sa main. La lame rougeoyait à la lumière du radiateur électrique. Elle le tenait tendrement dans sa main. C'était si bon. Ça semblait si naturel. Elle pressa le bouton et la lame rentra dans le manche. Elle secoua la tête. Elle avait peur. Elle avait peur de ce qu'on allait lui faire. Peur de ce qu'elle allait faire.

— Prenez le couteau, insista-t-il. Prenez le couteau et prenez votre revanche.
— Il n'y a pas d'autre solution ?
— Aucune.
— Le meurtrier ou la victime ?

Il acquiesça lentement.

— Le boucher ou l'agneau.

V

C'était vendredi soir. Le week-end débute le vendredi soir. Le bon temps débute le vendredi soir. Assise dans sa cuisine et sirotant de la vodka frappée, elle attendait qu'il appelle.

Elle voulait qu'il appelle. Elle ne pourrait pas le faire s'il n'appelait pas. Il fallait qu'il fasse le premier pas. Il fallait qu'elle l'entende murmurer au bout du fil. Il fallait qu'elle l'entende menacer à voix basse au bout du fil. Elle ne trouverait pas le courage nécessaire si sa voix ne ruisselait pas le long du fil.

Plus tard, beaucoup plus tard, des années plus tard, deux jours plus tard, elle saurait qu'il ne faut jamais attendre. Dans deux jours elle saurait qu'il ne faut jamais attendre trop longtemps avant d'agir. Si on attend trop, on finit par renoncer.

Les femmes comme elle ne peuvent se permettre d'attendre. Les femmes aux os fragiles ne sont pas bâties pour encaisser les coups. On ne peut pas attendre trop longtemps quand on s'appelle Bella. On n'a pas de réserves quand on s'appelle Bella. Pas de Règles de Queensberry pour une Bella. Elle apprendrait qu'elle devait frapper la première. Les femmes comme elle doivent agir et s'enfuir. Les femmes comme elle ne peuvent pas rester assises à attendre. Personne ne viendra à leur secours si elles se contentent de rester là à attendre.

Mais cela, ce serait une vie plus tard, au tout dernier moment d'un sale week-end. Vendredi soir, elle commençait à peine. Les contraintes lui collaient encore après comme de la peau morte. Elle croyait encore qu'il y avait certaines limites à ne pas franchir. Elle croyait encore qu'il y avait certaines profondeurs à ne pas sonder. Elle ignorait encore que la seule chose à faire était de sortir dans la nuit comme un chien enragé.

Alors, assise dans sa cuisine, elle attendait. Elle sirotait de la vodka frappée, ce vendredi soir, en attendant qu'il appelle.

A minuit, elle avait vidé un tiers de la bouteille. De la vodka Stolichnaya. Elle la buvait avec de la glace et du citron, en fumant et en attendant qu'il appelle. Assise, elle buvait, fumait et attendait. Une boisson sans odeur, sans saveur et sans couleur qu'elle boit non pas pour oublier, mais pour se souvenir.

Car plus elle boit, plus elle a les idées claires, plus ses pensées deviennent lucides, plus son intelligence s'aiguise. Plus elle boit, mieux elle réfléchit.

Assise, elle buvait, fumait et réfléchissait. Elle pensait à la Perse, à Pentonville, à l'exil et aux radiateurs électriques à deux résistances. Il avait raison, le réfugié. L'émigré avait vu juste. Il lui avait permis d'y voir clair. Il avait fait le tri dans son esprit afin de lui montrer les liens qu'elle faisait et ceux qui lui échappaient.

Il avait posé ses deux mains sur sa tête — son moignon et sa main intacte — et il avait extrait une chose enfouie dans son cerveau. Il l'avait aidée à se relever, lui laissant un flux d'énergie soudaine, l'impression que tout était possible. Il lui avait donné la clé, avant de la renvoyer. Dans son sous-sol, pour s'asseoir et attendre. Attendre celui qui voulait lui écraser le visage avec son pied. Attendre celui qui se tenait derrière sa fenêtre, qui se cachait dans l'obscurité et s'évanouissait dans le soleil.

Assise, elle fumait, buvait et attendait, et à deux heures cinq du matin, alors qu'elle suçait le citron qu'elle avait pêché dans son verre, alors qu'elle venait de vider le cendrier pour la troisième fois, les pieds enfermés dans des chaussons en nylon, la langue pareille à du tabac dans sa bouche, le téléphone sonna.

Elle décrocha. Elle attendit d'entendre sa voix.

— Bonsoir, dit-il.

— Bonsoir.

— C'est encore moi.

— Je sais, dit-elle en respirant son haleine parfumée à la vodka.

— Tu as l'air détendue.

— Je méditais.

— Où tu étais cet après-midi ?

— J'étais sortie.

— Pour quoi faire ?

— Des choses.

— On dirait que tu t'habitues à moi.

— Oui, je crois, dit-elle.

Petite Bella si désinvolte. Elle sentait qu'elle le désarmait, avec sa désinvolture. On ne s'attend pas à ce qu'une Bella vous réponde avec désinvolture.

— Je ne connais pas votre nom, dit-elle.

Elle pouvait mettre un visage sur sa voix, mais aucun nom sur son visage. Elle avait envie de connaître son nom, mais rien d'autre. Il ne l'intéressait pas. Elle ne le trouvait pas intéressant. Il n'était qu'une inconséquence qui se transformerait bientôt en absence. Une démangeaison qu'elle avait besoin de gratter. Un furoncle qu'il faudrait inciser. Un petit rôle dans le drame qu'elle allait interpréter. Les porteurs de hallebardes, les danseurs de la troupe et les petits rôles sont profondément rasoirs quand vous êtes sur le point de devenir une star.

— Dites-moi votre nom.

Elle écouta le silence. C'était un silence différent. Maintenant c'était son silence à elle. Elle avait établi le silence. Elle l'avait réduit au silence. Il lui suffisait d'un après-midi en compagnie d'un réfugié fou, d'une épave humaine, pour trouver la force de le réduire au silence.

— Tim.

— Timothy?

— Tim. Je m'appelle Tim.

— C'est un joli nom.

La cuisine était envahie de fumée. Cela formait des tourbillons bleu-gris autour de sa tête. La cuisine disparaissait sous la fumée. Bella aurait pu la couper tant elle était épaisse. Elle aurait pu la lacérer avec le couteau à cran d'arrêt de Nimrod. Elle aurait pu la découper en deux. Elle aurait pu la transpercer là où elle formait des volutes au-dessus de la cuisinière.

— Je te trouve différente, dit-il.

— Comment ça?

— Comme si tu croyais que tu comptes pour moi.

— Ce n'est pas le cas?

— Tu sais bien que non. Le premier imbécile venu peut s'en apercevoir. Je croyais que tu l'avais compris. Même une salope attardée devrait savoir quand elle ne compte pas.

Le réveil posé sur le réfrigérateur indiquait deux heures dix. C'était un réveil de voyage pliant, du genre de ceux qui avaient un étui en cuir.

— Vous croyez que je ne vaux pas grand-chose, dit-elle.

— Je crois que tu ne vaux rien du tout.

— Pourtant vous pensez à moi.

— Toute la journée.

— C'est bon de savoir que quelqu'un s'intéresse à vous.

— Si je ne m'intéressais pas à toi, je n'aurais pas envie de te faire du mal.

— Vous vous répétez.

— Et alors?

— Alors c'est lassant.

— Tant pis.

Elle l'entendait respirer. C'était la première fois qu'elle l'entendait respirer. Sa respiration semblait légèrement encombrée. Il devrait se faire déboucher les sinus. Il devrait se faire aspirer toute cette morve qu'il ne cessait de ravaler.

— Votre note de téléphone doit être colossale.

— C'est toi qui la paieras, dit-il. Tu vas payer toutes mes notes.

— Je ne suis pas très riche.

— Je me fais payer en nature.

— J'ai besoin de plus de temps.

— Trop tard. C'est le dernier rappel. Ta lettre de mise en demeure. Je vais venir me faire payer.

— Et si je ne paie pas ?

— C'est comme le gaz et l'électricité. Si tu ne paies pas, on te coupe quelque chose.

— Je crois que vous avez un problème, Timothy.

— Tim.

— Je crois que vous avez un problème, Tim.

— Je me fous de ce que tu penses.

— Je crois que vous souffrez de ce qu'on appelle un problème psychosexuel.

En prononçant ces mots, elle se représenta son visage. Elle vit sa langue passer rapidement sur ses lèvres exsangues. Bella avait commencé à enfreindre les règles. Lentement, timidement, petit à petit, Bella avait commencé à briser toutes les règles qu'ils avaient établies pour la mater.

— Je vais venir te voir, dit-il.

— Je pense que vous êtes impuissant.

— Ferme-la.

— Je crois que vous ne pouvez pas.

— Ferme-la, je t'ai dit.

— Vous voulez essayer en la caressant.

— Sale pute.

— Vous voulez essayer en la suçant.

— Je vais te tuer.

— Vous voulez essayez en la corrompant.

— Ferme-la, salope.

Ce doit être dur pour un homme comme Tim. Quand vous êtes un type ordinaire, simple, un type comme les autres, qui aime s'enfiler des bières avec les copains en échangeant des histoires de conquêtes passagères.

Quand vous trouvez une femme muette qui alimente vos fantasmes, et que vous caressez vos couilles pendantes en murmurant des obscénités moites au téléphone. Quand vous la suivez dans la rue, que vous la regardez se ratatiner, et qu'alors vous avez l'impression d'être un homme.

Vous ne vous posez pas de questions, vous n'éprouvez aucun doute, vous ne réfléchissez pas deux fois. Vous avez une queue et la queue décide.

Et soudain, horreur, abomination, voilà que la femme ouvre sa bouche obscène pour chuchoter des obscénités. Or, ce n'était pas prévu ainsi. Ce n'est pas comme dans vos rêves. Vous n'êtes même pas certain d'avoir encore envie, si ça doit se passer comme ça. La chienne. La chienne puante, la saloperie d'allumeuse, toutes les mêmes.

Vous avez simplement envie de lui faire du mal, vous avez simplement envie de l'abîmer, rien d'autre. Vous avez envie de la broyer totalement pour qu'elle ne relève jamais la tête. De lui écraser le visage contre le sol avec votre chaussure. Vous avez besoin de ça, pour avoir le sentiment de vivre. Le but de ce que vous faites, le but premier élémentaire de ce que vous faites, c'est de vous aider à vous sentir vivant. C'est ainsi qu'Il vous a créé, et c'est ainsi que vous êtes. Ce n'est pas à vous de vous demander pourquoi. C'est un blasphème de demander pourquoi. Vous êtes ainsi fait.

— Tu veux que je te dise une chose, reprit-il, certaines personnes me font beaucoup d'effet.

— Vraiment?

— Elles m'excitent.

— Sans blague?

— Je veux dire qu'elles le cherchent, elles le cherchent vraiment.

— Ah oui?

— Et quand ça leur arrive, elles ne comprennent pas.

— Je vais aller me coucher.

— Je n'ai pas encore fini.

— Faites vite.
— Ne raccroche pas.
— C'était merveilleux.
— J'ai quelque chose à te dire.
— Une autre fois peut-être.
— J'ai quelque chose pour toi.
— Vous m'avez acheté un cadeau ?
— Rien que pour toi.
— C'est gentil.
— Tu l'auras bientôt.
— Je suis impatiente.
— Devine ce que c'est.
— Impossible.
— C'est dans une bouteille.
— Je ne bois pas de vin.
— Ça se met sur la peau.
— J'achète moi-même mon parfum.

Si elle éteignait la lumière, le réveil luirait dans le noir. C'était comme si elle avait un chat, cette lueur verte dans le noir.

— Dites-moi ce que c'est.
— Non, à toi de deviner.
— Le suspense est insoutenable.

Il gloussa.

— Parlez, dit-elle. Parlez maintenant ou taisez-vous à jamais. Qu'est-ce que c'est ?

Elle l'entendit prendre sa respiration.

— De l'acide.

Ce mot résonnait encore dans son cerveau quand la tonalité entama son gémissement.

Elle reposa le combiné. Elle aurait aimé réfléchir encore un peu avant d'agir. Sans doute ruminer encore un peu. Se préparer encore un peu, avant de faire ce qu'elle avait à faire.

Mais il l'avait appelée. Il l'avait contactée au téléphone. Il avait écouté ce qu'elle disait, il avait écouté la façon dont elle le disait, il avait tranché dans son bagou arachnéen pour lui rappeler ce qu'ils savaient déjà l'un et l'autre. Il lui avait rappelé qu'elle était un agneau, et il avait établi le lien ultime qui décidait de tout. Désormais, elle n'avait plus véritablement le choix, plus maintenant. Plus moyen de tergiverser. Pas même une nuit. Comme le lui avait expliqué Nimrod, elle avait deux possibilités. Et il ne lui restait plus que cette seule vérité, inéluctable : mieux valait être le boucher que l'agneau.

Elle alla dans la salle de bains, alluma la lumière et se planta devant le lavabo. Elle laissa couler l'eau pendant quelques instants avant de s'asperger le visage. Sa peau se contracta au contact de l'eau glacée. Elle prit la serviette pour se tamponner le visage, avant de s'enduire les mains de crème. Elle releva la tête et s'observa dans la glace. Son reflet la dévisageait sans ciller. Un visage implacable, avec des yeux implacables, noirs comme la nuit. Des yeux glacials, comme l'eau glaciale du lavabo.

Elle avait dit à Nimrod qu'elle n'avait plus rien en elle. Elle lui avait dit que tout s'était évaporé, laissant un vide impossible à remplir. Elle lui avait dit qu'il n'y avait plus rien à cet endroit, et en disant cela, elle le pensait sincèrement. Et maintenant, elle découvrait son erreur. Maintenant, elle savait qu'il y avait quelque chose. Quelque chose d'inflexible qui avait pris racine.

Elle comprit ce que c'était en regardant ses yeux. Elle regarda ses yeux et le sentit grossir. Un petit noyau de rage compact qui se développait en son sein.

Il ne lui fallut pas longtemps pour s'habiller. Elle enfila des collants épais à côtes, avec des chaussures par-dessus, un jean solide et un pull à col roulé. C'était étrange de s'habiller en pleine nuit. C'était indécent de s'habiller en pleine nuit. Elle laça ses baskets et glissa ses mains dans des gants en velours fin. Que Dieu te garde, Bella. Que Dieu te garde, toi qui vas reconquérir la nuit.

Elle n'avait pas beaucoup mangé aujourd'hui. Son appétit devrait patienter. Son appétit de nourriture devrait patienter. Elle enfila l'anorak suédois rembourré qu'elle avait acheté dans Gloucester Road. Elle remonta la fermeture Eclair jusqu'en haut, et enroula une écharpe pourpre autour de son visage.

Elle aurait dû mettre un passe-montagne. Un passe-montagne aurait mieux fait l'affaire. Mais les passe-montagnes sont faits pour les cheveux coupés ras. Ils sont faits pour les mecs. Quels qu'ils soient. Où qu'ils soient. Les passe-montagnes sont faits pour les garçons.

Mais les garçons avec leurs passe-montagnes ne pouvaient pas imaginer Bella dans son sous-sol. En train de s'équiper, d'enfiler des gants, de fermer son anorak. Bella dans son sous-sol dépasse leur imagination. Elle dépasse l'entendement. Bella le chien enragé s'est débarrassé de sa laisse.

Il lui fallait un objet quelconque pour forcer l'ouverture de la fenêtre. Il lui fallait un objet résistant pour entrer par la fenêtre. Elle alla sur le palier et fouilla dans une boîte jusqu'à ce qu'elle trouve ce qu'il lui fallait.

L'épais manche en bois du marteau s'ajustait à sa paume comme s'il avait été conçu à son intention. Il pesait dans sa main. Elle aimait le tenir dans sa main. Elle aimait son poids brutal dans sa main. Elle aimait tenir la brutalité dans sa main.

Elle le glissa à l'intérieur de son anorak, referma la porte du placard, entra dans la cuisine et resta dans le noir, devant sa fenêtre. Elle ouvrit les rideaux, pour la première fois depuis des semaines, et scruta la cour déserte et vide.

Elle contempla l'obscurité à travers la fenêtre. Elle songea à l'endroit où elle allait se rendre. Elle songea à ce qu'elle allait faire. Des images terriblement tentantes traversaient son esprit. Un film muet en noir et blanc qui, plein de séduction défilait dans sa tête, mais qui chaque fois s'estompait avant le dénouement.

Inutile d'anticiper. On ne peut jamais savoir comment les choses vont se passer. Il suffit de s'accrocher et de continuer d'espérer. Et elle est très douée pour s'accrocher. Elle est très douée pour espérer. Une petite bonne femme très patiente qui avait l'habitude d'attendre pour voir ce qui se passerait. Mais cette fois c'est différent. Cette fois, elle va agir sur quelqu'un d'autre. En quoi cette nuit diffère-t-elle de toutes les autres nuits ? Cette nuit est la première nuit où Bella va agir.

Elle traversa la cuisine obscure à tâtons jusqu'à la porte de derrière. Pliée en deux, elle fit coulisser le verrou du bas, puis celui du haut. Elle prit la clé accrochée au clou dans le cellier, l'inséra dans la serrure, tourna dans le sens contraire des aiguilles d'une montre, et la porte s'ouvrit en grand. Elle sortit et la referma derrière elle.

L'air de la nuit est un air particulier. C'est un air propre. Les gaz d'échappement se sont dissipés, le bruit de la circulation est assourdi. Elle gravit les marches, s'arrêta dans le jardin et respira l'air pur de la nuit.

C'est quelque chose de nouveau pour Bella. C'est une première pour Bella. Un petit pas pour Bella, mais un grand pas pour les femmes. Elle n'a encore jamais fait ça. Elle n'a jamais ouvert le verrou de la porte de derrière, ni gravi les marches par une froide nuit d'hiver.

Elle reste là dans l'herbe, à la lumière des étoiles ; elle sourit intérieurement en respirant l'air. L'air doux de la nuit, quand tout est calme, que rien ne bouge, et que les citoyens respectueux de la loi sont couchés.

VI

La terre était gelée sous ses pieds. La terre nourricière dure et ferme sous ses pieds délicats. Elle traversa la parcelle de terrain broussailleux. Une veilleuse luisait faiblement au bout de la terrasse. Une lumière allumée pour éloigner le croquemitaine.

Grimpée sur une baignoire brisée, elle jeta un coup d'œil par-dessus la clôture. La fenêtre de l'homme était éteinte. Rectangle noir et paisible. Le châssis n'était pas descendu jusqu'en bas. Homme chanceux. Oui, homme chanceux avec ta fenêtre ouverte, sans verrou, sans peur, qui laisse entrer les tourbillons d'air.

Elle escalada la clôture et se laissa glisser en douceur de l'autre côté. Elle enjamba péniblement des tas de gravats, contourna un landau en train de rouiller, passa sous une corde à linge pour atteindre l'escalier d'incendie. Une nuit acérée sans lune, le vent âpre qui lui cingle le visage, son souffle qui se condense devant ses yeux, la peur, l'excitation et la joie lorsqu'elle saisit les rampes métalliques.

Elle monta à pas feutrés jusqu'au deuxième étage. Immobile sur le palier, elle contempla sa propre maison, forme massive et noire sur fond de ciel gris. On dit que les voyages ouvrent l'esprit. Un changement de position vous offre une perspective différente. Vous voyez les choses différemment quand vous êtes sur l'escalier d'incendie de la maison voisine, par une nuit glaciale. Elle regardait vers son appartement, et quelque chose en elle se contracta.

Elle regardait la fenêtre de sa cuisine, comme il l'avait regardée si souvent, comme de très haut. Comme si elle regardait un oiseau sautiller derrière les barreaux de sa cage, persuadé qu'il est vivant. Elle regardait vers son appartement en sous-sol. Là d'où elle venait.

Un trou dans le sol. Un puits dans le ventre de la terre. Elle se hisse en dehors. Elle a de l'eau jusqu'au menton et elle se hisse en dehors.

Le châssis de la fenêtre à guillotine se souleva aisément, sans bruit. Elle le releva à moitié et se glissa par l'ouverture pour pénétrer dans la salle de bains. Quand vous entrez dans la salle de bains de quelqu'un, c'est comme si vous entriez dans sa cuisine. Vous respirez son odeur ; elle semble vous agresser, et vous vous sentez comme un animal dans la tanière d'un autre. La pièce empestait ses odeurs. Son après-rasage, son savon au bout d'une cordelette, la serviette humide suspendue au radiateur, le talc avec lequel il se poudrait, sa mousse à raser, son gel pour les cheveux. Un homme très propre. Un homme propre, parfumé et délicat.

Elle chercha la poignée de la porte à tâtons, l'ouvrit et risqua un œil dans le couloir obscur. La lumière jaune d'un lampadaire se frayait un passage à travers une imposte en verre dépoli. Elle avança sur la moquette et s'arrêta derrière une porte entrouverte. Elle l'entendait respirer dans son lit. Ce souffle lourd, rauque et rempli de mucosités qui lui donnait envie de raccrocher violemment le téléphone.

Elle fit demi-tour dans le couloir pour entrer dans le salon. Après la terre compacte, la moquette donnait l'impression d'aspirer ses pieds. Elle traversa la pièce, vérifia que les rideaux étaient bien fermés, puis elle alluma le lampadaire et regarda autour d'elle.

C'était une pièce très agréable, dans son genre. Des plantes, un magnétophone, des reproductions aux murs.

D'intéressantes petites babioles modernes sur les étagères. Des magazines de mode sur les tables basses. Une seule rangée de livres. Pas un grand lecteur, ce Timothy. Il ne faisait pas partie des lettrés. Il ne faisait pas partie de l'intelligentsia agressive de Brighton. Elle les aurait volontiers brûlés si les Nazis n'avaient pas donné une sale appellation au fait de brûler les livres.

Elle promena son regard à travers la pièce. Elle avait envie de la salir et de la souiller. D'y mettre le feu. De la faire sauter. De la pulvériser. De la dévaster. Elle avait envie d'étaler son nom en lettres éclatantes sur les murs gris perle. Jusqu'à maintenant elle n'avait jamais compris les jeunes avec leurs bombes de peinture. Elle n'avait jamais compris ce qui les poussait à laisser leur empreinte de la seule manière possible. Elle regardait les murs et elle avait envie de bomber « Bella est passée par ici » de telle façon que le B défigure son estampe persane. Elle avait envie de laisser sa trace sur tous ses murs. Elle avait envie de lacérer le canapé et de briser la chaîne stéréo, d'arracher les rideaux et de regarder un chien déféquer sur la moquette gris anthracite.

Elle soupira avec regret. Ce n'est pas une vandale. La violence du vandalisme ne correspond pas à sa nature. La destruction gratuite et irréfléchie des objets inanimés, l'épanchement de la colère sur la matière insensible, lui semblent extrêmement pervers.

En outre, son énergie n'est pas illimitée. Bella ne déborde pas de vitalité. Même en ce moment, même cette nuit, même avec sa nouvelle façon de voir sa vie et celle des autres, son énergie est limitée, elle ne doit pas la gaspiller. Elle transporte toute l'énergie qu'elle possède dans un petit récipient plein à ras bord; elle doit prendre soin de ne pas avancer trop vite pour ne pas en faire déborder.

La lumière du salon se déversait dans l'entrée et éclairait à moitié la chambre. Il était étendu là, les membres confortablement écartés aux quatre coins du lit. Il ne dormait pas comme elle, recroquevillée en une petite boule compacte de peur fœtale. Elle regardait le drap se soulever et retomber, se soulever et retomber ; sa tête dessinait une forme sombre sur l'oreiller.

Nous y voici, se dit-elle. Nous y voici.

Elle s'approcha. Elle avait l'estomac vide. La faim et la haine lui donnaient des vertiges. Elle contempla cet homme. Cet homme qui chuchotait. Cet homme endormi qui chuchotait et la menaçait. Cet homme malveillant qui avait gâché son existence.

Elle se tenait près de son lit. Elle s'était introduite chez lui et elle se tenait près de son lit. Elle était masquée, armée, et elle n'avait pas peur.

VII

Ses yeux bougeaient derrière ses paupières. Elle regardait ses yeux. Ils bougeaient tandis qu'il rêvait. Il rêvait d'elle, endormi dans son lit. Il rêvait qu'il la possédait sauvagement sur le sol. Il la possédait sur le sol de sa salle de bains. Il versait l'acide sur sa peau. Il écoutait le grésillement, il respirait l'odeur de brûlé, et il la regardait se dissoudre sur le sol de la salle de bains. Elle hurlait dans son rêve, elle mourait dans son rêve, et ses yeux ne cessaient de bouger derrière ses paupières.

Elle sortit le marteau et contempla son visage. A cause de cet homme, elle tremblait dans son terrier. A cause de cet homme, elle vivait dans l'obscurité. Elle observa le visage abruti de sommeil. Ce visage inexistant. Ce visage de rien du tout. Ce visage anonyme de pervers.

Elle tenait le marteau dans son gant de velours. Elle leva le bras droit. Il suffisait de l'abaisser. Il suffisait de l'abaisser sur sa tête. Avec violence. Simplement le laisser tomber. Le faire maintenant. Le faire pendant que c'est possible.

Mais elle ne pouvait pas. Elle ne pouvait pas faire ça pendant qu'il dormait. Elle était peut-être beaucoup de choses, mais pas un monstre. Pas une cinglée. Pas une psychopathe. Elle n'avait pas encore rompu toutes les amarres au point de le tuer pendant son sommeil. Bella est une gentille fille. Et quand les gentilles filles font du mal aux vilains garçons, elles prennent soin de les réveiller tout d'abord. C'est peut-être idiot. Mais c'est comme ça.

Timothy dormait toujours. Esprit joyeux, joyeusement ignorant de la vision qui l'attendait. La vision de Bella dans sa chambre, brandissant un marteau.

Elle ferma à demi les yeux et approcha ses lèvres finement ourlées de son oreille. Elle darda sa langue et lécha le lobe. Le drap bougea au niveau de son entrejambe. Elle souffla son haleine chaude sur son visage, et il sourit dans son sommeil, enveloppé de son odeur.

Vile, vile Bella. Séductrice doucereuse. Nymphe nécrophile de la nuit. Destructrice de mondes.

Le salopard semblait si serein. Il aurait pu conserver cette sérénité à jamais. Il aurait été heureux; elle aurait été heureuse. Il aurait pu mener son existence futile. Il aurait profité de toute son espérance de vie. Il aurait pu vivre jusqu'à soixante-dix ans, et sourire dans son sommeil en faisant des rêves obscènes. Il aurait pu garder tout ça dans sa tête. Il aurait pu faire ça dans sa tête, comme la plupart des gens. Il aurait pu enfermer tout ça dans sa tête, et se tenir à l'écart du monde.

Mais ça ne suffisait pas. Ça ne suffisait pas à Timothy. Il fallait qu'il trouve une femme pour la harceler avec sa peau moite. Il fallait qu'il pénètre dans son cerveau pour en extraire une putréfaction et l'étaler sur son visage. C'était un besoin. Il ne pouvait pas s'en empêcher. Il ne désirait qu'une chose : satisfaire son besoin.

Et parmi toutes les femmes qu'il aurait pu choisir, parmi toutes les femmes qui auraient cédé, cet imbécile l'avait choisie, elle dont les désirs étaient encore plus noirs que les siens.

Elle l'observait tandis que le drap se mouillait. Elle l'observait tandis que les minutes passaient. Elle avait gagné la partie. Elle l'avait vaincu. Elle s'était introduite dans son antre et était restée près de son lit. Magnanime dans la victoire, elle lui accorda quelques instants fugitifs d'extase, l'extase que seule peut vous procurer Bella quand elle vous lèche le lobe de l'oreille.

S'il avait su qu'il était condamné, cela aurait sans doute été son dernier souhait : connaître ce plaisir dans le noir, connaître ce bien-être dans le noir, gravir la montagne dans le noir et redescendre de l'autre côté. Elle lui accorda tout cela, bien qu'il n'en valût pas la peine.

Mais Bella accorde, et Bella reprend.

Après la partie de plaisir, on fait les comptes. Il y a un temps pour arriver et un temps pour s'en aller. Un temps pour le plaisir, et un temps pour être jugé. Elle fut frappée par la solennité de cet instant. Eût-elle été une adepte des rites, elle aurait remplacé son écharpe pourpre par un petit carré noir de bon goût.

Pour Bella, la justice n'est pas la justice biblique. Jamais elle n'appliquera le principe œil pour œil, dent pour dent. Cette parité laxiste et molle lui donnerait presque envie de vomir.

Elle exige un œil pour une dent et une vie pour un œil.

Aussi, malgré sa répugnance à s'introduire chez lui, son dégoût à l'idée d'entrer sans y être invitée dans son jardin des plaisirs privé, mais consciente néanmoins que *tempus* inexorablement *fugit*, elle prit le coin du drap dans sa main gauche.

— Excuse-moi, dit-elle en arrachant d'un geste brusque le drap en coton.

Il ouvrit les yeux, l'aperçut et gicla, comme une baleine.

Un réveil très brutal.

Il regardait d'un air ébahi la silhouette encapuchonnée près de son lit. L'horreur dans ses yeux, l'horreur qui apparaissait lentement dans ses yeux était un souvenir qu'elle serrerait contre son cœur pendant de nombreuses nuits solitaires. Pour la première fois de sa vie, elle regardait le visage d'un homme et elle y voyait scintiller le reflet de sa propre peur.

— Enfin seuls, dit-elle. Tous les trois.

Imaginez, imaginez un peu, vous vous réveillez et vous la voyez près de votre lit. La femme de vos rêves humides se tient près de votre lit. La femme de vos pensées obscènes, la femme de vos désirs inavouables se tient près de votre lit... avec un marteau.

Elle ôte son écharpe pourpre en vous regardant avec un grand sourire. C'est la première fois que vous lui voyez ce sourire. Elle qui sourit si rarement.

Elle a le grand sourire du manant, avant qu'il n'embroche le seigneur avec sa fourche. Un grand sourire à brûler les prisons. Un grand sourire qui indique que la patience a ses limites. Et Timothy, le pauvre Timothy, s'est réveillé pour voir ça.

Elle le frappa avec le marteau sur la joue. Un coup oblique désinvolte, pas trop violent. Juste assez pour briser l'os. Elle le frappa de nouveau pour bien lui faire comprendre qu'il ne rêvait plus. Elle le frappa de nouveau pour garder le rythme. Et elle le frappa encore une fois, pour le plaisir.

Même Bella, même la petite et fragile Bella, peut soulever un marteau. Même elle peut le tenir dans ses mains, le brandir bien haut, et frapper avec. Le choc du métal sur l'os produisit un bruit plutôt inhabituel. Si elle avait pratiqué le cricket, cela aurait pu lui évoquer le choc de la balle sur la batte. Mais elle ne jouait pas au cricket.

Une telle secousse ébranlait les fondations de son monde qu'il songea à peine à hurler, et l'espace d'un instant épouvantable, elle crut qu'il allait plonger dans un état de choc catatonique, la privant ainsi de cette interaction humaine à laquelle elle attachait tant d'importance.

Mais il porta la main à son visage ruisselant. La main devant les yeux, il regarda la tache couleur fraise goutter de ses doigts. Sa mâchoire s'affaissa et un son étrange sortit de sa bouche, une sorte de grognement incrédule qu'elle ne put saisir et qui fut donc perdu pour la postérité. Son visage se fripa ; il se mit à pleurer comme un veau. Il gémissait comme un bébé. Elle lui sourit avec tendresse et posa les yeux sur la fleur fragile nichée timidement entre ses cuisses et qui se flétrissait rapidement.

Elle éprouva le besoin impérieux et inexplicable de lui parler, de combler ses lacunes, d'humaniser celui qu'elle s'apprêtait à pulvériser.

— Eh bien, dit-elle gaiement. C'est amusant, non?

Le papotage n'était pas son fort.

Elle le frappa de nouveau, lui brisant le nez. Le sang jaillit. Il s'était redressé dans le lit. Ses larmes rosissaient presque le sang qui coulait dans sa bouche ouverte. Il ne savait pas s'il devait protéger sa tête, son nez ou son bas-ventre. (Mais elle n'aurait jamais martyrisé ses parties génitales tremblotantes. Elle n'est pas du genre à frapper un homme sous la ceinture.)

Les choses ne se passaient pas très bien pour Timothy. Timothy était dans un état de profonde confusion. Et Bella, parce qu'elle *empathise*, parce qu'elle est une personne sensible dont les terminaisons nerveuses frémissent au moindre contact, comprenait la terreur cosmique qui avait dû s'emparer de lui.

Elle comprenait la peur qui devait lui nouer les tripes. Elle comprenait la panique vomitive qui devait bouillonner en lui. Elle comprenait parce qu'elle était passée par là, elle avait suivi cette route, elle avait traversé ce tunnel avant de ressortir de l'autre côté.

Mais ce qu'elle ne comprenait pas, ce qu'elle ne parvenait pas à saisir, c'était pourquoi il n'avait pas tenté de lui arracher le marteau des mains. Ce qui l'intriguait, c'était pourquoi il restait assis là, émasculé, dans sa petite mare d'immondices.

Il ne disait rien. C'était curieux de le voir sangloter et saigner ainsi sans rien dire. Curieux et pourtant familier. Comme si, ne pouvant rien y changer, il devait le supporter.

Pendant un instant, Bella se demanda quelle suite d'événements avait entraîné Timothy dans un tel pétrin. Peut-être que sa mère lui répétait qu'il était beau, en le nourrissant de mouillettes. Peut-être lui disait-elle qu'aucune femme ne serait jamais assez bien pour son garçon, et peut-être le croyait-il.

Ou peut-être qu'elle appartenait à l'autre catégorie de mères. La mère qui n'a pas choisi la maternité. Peut-être qu'elle avait eu une crampe d'estomac, elle était allée aux toilettes et hop, il était sorti, figurez-vous! Rose, tout fripé et suintant de tous les orifices.

Et peut-être que ce n'était pas son truc, tout simplement, cette lactescence. Peut-être qu'elle l'enfermait dans la remise à charbon, qu'elle le battait avec un tampon à récurer, qu'elle parlait de ses sous-vêtements avec les voisines, ou qu'elle s'était occupée de ses affaires le jour de ses seize ans.

Quelle que soit la façon de voir les choses, la faute incombe à Maman.

Pauvre petit Timothy. Pauvre petit Tim. Ce n'est absolument pas sa faute. Ce n'est vraiment pas sa faute. On voit sans cesse de pauvres petits Timmy à la télé. Les détenus des quartiers spécialisés. Les condamnés à perpète qui ont détruit des vies.

Vous les voyez sur l'écran, essayant de réprimer un sourire moqueur, dans leur tenue fraîchement lavée. Ils débitent tout leur baratin. Avec leur ton geignard, ils vous parlent de la thérapie qu'ils ont suivie, comment ils ont réussi à en parler, comment ils sont parvenus à assumer leur acte. Et sous tout ce discours, bouillonnant sous la surface, on perçoit les pleurnicheries du violeur impénitent qui veut se justifier.

En purgeant leur peine, ils pensent avoir payé leur dette à la société. Sauf qu'ils n'ont pas pris la société comme victime. Pas toute la société. Pas la partie importante. Ils n'ont pas fait de mal à la société. Ils n'ont pas effrayé la société au point qu'elle n'ose plus marcher dans la rue. Ce n'est pas à la société qu'ils ont fait peur.

Si vous les entendez dire qu'ils regrettent, ne les croyez pas. Ils ne regrettent jamais, et d'ailleurs ça ne changerait absolument rien. Mais s'ils le disent, si jamais ils osent le dire, ne les croyez pas. Ce sont des salauds et des menteurs pour qui la castration est la plus douce des punitions.

Le moment est donc venu d'expédier Timothy. Il est temps d'envoyer Timmy vers cette vanne dans le ciel. Elle saisit le marteau à deux mains et le brandit au-dessus de sa tête.

– Prépare-toi à rencontrer ton Créateur, mais d'abord l'Exécuteur.

Après cette brève oraison, ces quelques paroles de circonstance, ce court poème que la toujours poétique, toujours créative Bella invente de temps à autre, elle abaissa le marteau, elle frappa de toutes ses forces.

Le marteau s'abattit sur le dessus du crâne ; le corps se contracta, un faible gémissement s'échappa d'entre les lèvres. Une substance aqueuse éclaboussa les mains de Bella. Des taches noires constellèrent le mur, s'étalant comme de l'encre sur du papier-buvard.

Elle frappa de nouveau, et ce fut comme si elle fendait un œuf, comme si elle heurtait la coquille avec une cuillère, comme si elle prenait un petit déjeuner très matinal à Brighton. Elle ressortit l'arrache-clou fiché dans le crâne, se mordilla la lèvre et se mit à le marteler. Elle fit entrer son message dans le crâne de la seule manière possible. Elle le matraqua de la part de toutes ses sœurs muettes. Elle brisa les os qui protégeaient le cerveau, et elle était sur le point de pleurer tandis qu'il était sur le point de mourir.

Sa main tenait le marteau et le marteau s'abattit. Elle réduisit la tête en bouillie. Elle la pulvérisa. Elle pulvérisa les morceaux qui se trouvaient à l'intérieur. Elle entendit un ultime râle étouffé. Il cessa de tressaillir. La vie de Timothy s'acheva dans un bruit violent et un soupir. Le dernier coup mit fin pour toujours à ce cycle personnel de manques.

Il existe certaines lois de la nature, songea-t-elle, certaines lois immuables que vous bafouez à vos risques et périls. Les gens qui vivent dans des maisons de verre ne devraient pas jeter des pierres. Les hommes aux crânes fragiles ne devraient pas essayer d'inclure dans leurs fantasmes des femmes choisies au hasard.

Elle le regarda. Elle regarda l'état dans lequel elle l'avait mis, et l'état dans lequel il avait mis son lit. Si son âme n'avait pas déjà quitté son corps inerte, sans doute aurait-il eu un mouvement de recul devant ces substances fangeuses dans lesquelles il baignait. Ses draps étaient souillés de sécrétions nocturnes, c'était une crème bariolée de rouge comme un dessert à la framboise.

Elle toucha la peau. Elle était chaude sous ses doigts. Il paraissait surpris, à défaut d'être stupéfait. Il avait dans les vingt-cinq ans. Difficile à dire. Les gens prétendent que ce sont les meilleurs qui meurent jeunes, cela prouve bien qu'ils n'y connaissent rien. Pour finir, il brisa le marteau. La tête s'arracha. Bella aurait pu être blessée si elle ne l'avait pas vue venir.

Elle se laissa tomber au bord du lit. Elle n'avait plus de forces. Ce n'était pas facile ce qu'elle avait fait. Elle essayait de reprendre son souffle après cet effort soudain et inhabituel, déplaçant son genou gauche pour éviter qu'il ne se dérobe. Elle était fatiguée, faible, et elle avait faim. Il l'avait épuisée, comme elle s'y attendait.

Elle se pencha pour déposer le marteau sur la table de chevet. Le lit était mou. Le lit ressemblait à un hamac. Il gisait au creux du hamac, les yeux fixés sur sa garde-robe. Elle aurait aimé pouvoir regarder son visage qui commençait à se décomposer. Elle aurait voulu attendre qu'il s'effrite. Il suintait dans son hamac. Elle secoua la tête avec regret. Elle aurait dû lui demander comment il s'était procuré son numéro de téléphone.

La penderie était pleine de vêtements. Bourrée de vestes. Elle promena ses doigts dans les poches, avec la dextérité d'un agent de la sécurité, et déposa toutes ses trouvailles sur le sol. Le petit tas de ses affaires personnelles grandissait sur la moquette comme une verrue. De l'argent liquide, des cartes de crédit, des clés. Un portefeuille en vachette. Elle l'ouvrit d'une pichenette.

Il était plein de billets de banque. Elle ne put s'empêcher de les remarquer. Des liasses tentantes de billets de vingt livres. Elle prit tout. C'était son butin de guerre, et elle prit tout.

Elle aimait bien la cuisine. Elle était plus jolie que la sienne. La sienne était éclairée par un néon, le genre de lumière crue qui vous met à nu. Sa cuisine à lui était une cuisine chaude. Confortable est le mot qu'elle aurait employé si elle avait voulu la décrire. Elle prit du pain bis dans le panier à pain. Le réfrigérateur était rempli, ça prouvait qu'il était prévoyant.

Elle ne toucha pas au demi-poulet rôti. Trop de bactéries dans la viande froide. Elle ouvrit un paquet de cheddar. Du cheddar affiné, ce n'était pas celui qu'elle préférait. Elle espérait que ça ne lui donnerait pas des cauchemars. Elle déchiqueta la salade transformée en glaçon et découpa deux tomates vertes en tranches. Elle déposa le pain, le fromage et la salade dans une assiette et s'installa à la table de la cuisine.

Elle mangea lentement et méthodiquement. Sa main lui faisait mal lorsqu'elle portait le pain à sa bouche. Elle avait la paume arrachée. On aurait dit une brûlure de corde. Le velours fin de ses gants n'avait servi à rien. Elle n'avait rien à lire en mangeant, et personne à qui parler. Un repas solitaire.

Elle remplit la bouilloire et mit un sachet de thé dans une tasse ocre, avant d'ajouter trois cuillerées de sucre. Qui épargne gagne, mais elle avait besoin de reprendre des forces. Elle versa l'eau bouillante et pressa le sachet de thé avec la cuillère jusqu'à ce que l'eau brunisse. Elle mit une goutte de lait et remua.

Timothy avait été, et il n'était plus. Timothy était désormais un *has been*. Elle leva sa tasse, comme pour le saluer, et elle sourit à la cuisinière. Aux amis absents. Elle porta un toast en l'honneur de son décès récent et involontaire.

Elle l'avait fait disparaître. Elle l'avait escamoté. Elle s'était introduite chez lui et l'avait frappé à coups de marteau. Debout près de son lit, elle l'avait regardé se vider de son sang. Elle sirota son thé en pensant à lui. Son corps disloqué et éclaté, le sang laiteux qui jaillissait à flots.

Ça l'effrayait de penser à lui. Elle n'éprouvait rien quand elle pensait à lui, et ça l'effrayait.

VIII

Elle dormit du sommeil du juste, et se réveilla en songeant à des armes à feu, comme ça arrive parfois.

Elle songeait à leur éclat quand elles captent la lumière. L'éclat terne et métallique de l'arme bien astiquée. La splendeur luisante et fumante d'une arme automatique. Le pouvoir qui jaillit de son canon. Le fruit défendu d'une société civilisée dans lequel il est interdit de mordre. La sensation du métal pesant quand on l'a en main.

Elle songeait à quel point elle avait besoin d'une arme. N'importe laquelle. Un mousquet. Un fusil. Une carabine. Un file-moi-le-fric-et-tire-toi. Un rattrape-moi-si-tu-le-peux.

Elle songeait à des explosifs. Elle songeait à des fusils à canon scié. Des lance-flammes, des canons et de la cordite. De la dynamite, du plastic, un pur plaisir. Elle pensait tactique. Elle pensait stratégie.

Comme on peut le constater, les pensées de Bella étaient empreintes d'une certaine énergie guerrière. Elle avait des tendances militantes. Bella pensait balistique en se réveillant. Elle pensait « Brownings », Brens et bazookas, en s'étirant et en bâillant dans son lit. Bella voyait remarquablement grand.

Il était midi passé quand elle se réveilla. Trop tard pour déjeuner un samedi à Brighton. Un samedi à

Brighton ne ressemble à aucun autre samedi. C'est peut-être l'air marin. C'est peut-être le sel de l'air marin qui vous monte à la tête.

Quoi qu'il en soit, vous savez toujours quand le week-end arrive à Brighton. Toutes les chaînes se desserrent légèrement le samedi. Les chaînes qui vous entravent toute la semaine se desserrent légèrement le samedi.

Même les chaînes de Bella, déjà plus desserrées que la plupart, allaient se desserrer davantage en ce samedi.

Il y a plusieurs armureries dans le Sussex. Certaines vendent également des articles de pêche. Ce sont les amis des pêcheurs, comme si les cinglés de l'arme à feu et les cinglés de la pêche à la ligne étaient faits de la même chair. Ils vendent de grandes cuissardes en caoutchouc, des hameçons, des lignes et des tenues de détente.

Mais celle qu'elle choisit était une authentique armurerie, une armurerie austère qui s'accrochait fermement à sa foi. C'était une armurerie intégriste, pas une armurerie œcuménique. Elle ne flattait bassement personne, elle ne promettait rien. Vous voyiez ce que vous achetiez, et vous achetiez ce que vous vouliez.

Elle entra, à l'improviste, et regarda autour d'elle, à la fois impressionnée et émerveillée. Pistolets de tir, couteaux de chasse, fusils à air comprimé à un coup, fusils à double canon. Un supermarché de l'armement.

Bella était au paradis.

Des carabines fixées aux murs telles des icônes. Des pistolets sur des coussins de velours dans des vitrines. L'odeur de la graisse et de l'huile pour canon, du tabac et de la sueur. Les canardeurs avec leurs magazines de survie, chassés de la rue par la peur et le dégoût.

Des hommes à la voix douce dont la haine épaississait l'air. Tant de tatouages en noir et en bleu sur tant de morceaux de peau si blanche. Des paupières si lourdes, des vestes si rembourrées, des regards si noirs, une telle paranoïa qui les pousse dans le dos. Elle était venue chercher une protection contre les fous, mais les fous étaient arrivés les premiers.

Un type vêtu d'un anorak la regardait. Ils la regardaient tous, mais celui-ci la regardait avec plus d'insistance, plus impudemment, et avec plus d'intérêt que les autres. Il tenait sous son bras un objet enveloppé dans de la toile. Il ressemblait aux hommes qui autrefois pénétraient dans ses cauchemars.

— Vous êtes déjà venue ici?

Ses cheveux étaient presque rasés. Il sentait le chien. Elle secoua la tête. Elle n'était jamais venue. Elle était une novice dans le monde des armes.

— J'ai l'impression de vous avoir déjà vue ici.

Sa peau était tendue sur ses pommettes hautes. Ses yeux pâles se promenèrent sur son visage, cherchant des traits étrangers. Il se tenait avec raideur, comme s'il craignait à chaque instant de tomber dans une embuscade.

— Vous devez confondre, dit-elle.

— Je suis sûr que c'était vous.

— Non, je ne crois pas. Désolée.

Les vieilles habitudes ont la vie dure. Bella avait appris à se montrer polie. Elle avait appris la délicatesse. On lui avait enseigné à dire non avec un sourire de modestie exagérée et un petit mouvement de la tête plein de regrets. Vous avez beau tout perdre, vous conservez vos bonnes manières.

— Quand même... dit-il.

— Je regrette.

Elle s'étonna de voir combien il paraissait désolé, mais d'une manière agressive. Bella est foncièrement un être gentil, elle ne voulait pas lui faire de la peine. Elle ne voulait pas le rabrouer. Elle ne voulait surtout pas, Dieu l'en préserve, qu'il la prenne pour une snob. Aussi lui sembla-t-il plus poli de poursuivre la discussion.

— Vous étiez dans l'armée?

— J'aurais pu, dit-il. J'aurais pu si j'avais voulu.

Ses paupières ne clignaient pas souvent. Quelque chose aurait pu lui échapper.

— Vous venez pour acheter?

— Je regarde simplement.

— Moi j'achète, dit-il. On est obligés de nos jours.

Obligés? En vérité, seule Bella est obligée d'acheter. Elle seule est forcée de donner son argent durement gagné en échange du seul phallus qui vaille la peine, le plus doux, le plus lisse et le plus serviable de tous les phallus.

— Pourquoi êtes-vous obligé *liebchen*? Il y a quelque chose qui m'a échappé?

Il la regarda avec pitié.

— Il faut se préparer, dit-il. Si vous ne pensez pas à vous défendre, personne ne le fera à votre place. On doit se serrer les coudes entre nous. Vous voyez ce que je veux dire?

Elle acquiesça. Elle comprenait ce qu'il voulait dire. Elle comprenait toujours.

— Ils vont prendre le pouvoir si on ne se serre pas les coudes. Je protège mes parents et mes amis. Ils ont les leurs et nous avons les nôtres. Pas de mélanges. Moi je ne crois pas aux mélanges.

Elle lui sourit. C'était son sourire spécial. Celui qui disait : « Je vous en prie, fichez le camp, espèce de merde sous-prolétarienne. » Un sourire subtil, dont les subtilités échappèrent à l'interlocuteur.

— Différents, mais égaux comme ils disent.

Il tapota sur sa tempe.

— C'est conforme à la nature, d'ailleurs. C'est nous qui avons l'intelligence.

Il baissa le ton.

— Si jamais ils viennent vers chez moi, ils le regretteront. Moi je n'hésiterai pas le jour où ils viendront vers chez moi.

— J'en suis certaine.

— Vous pouvez me croire!

Il se tut, la regarda fixement et pinça ses lèvres molles.

L'air maussade, las, dans le style commando, comme s'il revenait à l'instant d'une mauvaise excursion autour des Chutes. La mettant au défi d'affirmer le contraire.

— Oui, dit-elle enfin pour briser le silence. C'est très intéressant.

— Stan.

— Très intéressant, Stan, dit-elle. Vraiment très intéressant. Très intéressant, oui.

Quand certaines personnes vous parlent, il ne faudrait rien dire pour les encourager à continuer. Il ne faudrait rien dire du tout. Stan faisait partie de ces personnes.

Stan parlait souvent aux femmes. Il parlait aux femmes aux arrêts de bus, dans les salles d'attente et dans les ascenseurs, quand ils n'étaient que deux. Il appuyait sur le bouton d'arrêt, et la cabine s'arrêtait entre deux étages. Il avait eu certaines de ses meilleures conversations dans les ascenseurs.

Les femmes aimaient parler avec Stan. Il en était convaincu, car elles le lui disaient. Quand il laissait repartir l'ascenseur, il leur demandait toujours si elles avaient apprécié la conversation, et elles répondaient toujours par l'affirmative. Stan ne se souvenait pas d'avoir rencontré une femme qui n'ait pas apprécié leur conversation.

Il sortit son mouchoir et toussa dedans, puis il l'éloigna légèrement de sa bouche. Bella regarda fixement le petit crachat jaune au centre. Ça aussi, c'est intéressant, Stan, eut-elle envie de lui dire. Il y a tellement de choses qu'elle a envie de dire, mais qu'elle doit taire.

Il reprit :

— Ça doit pas être chouette d'être une femme...

— Il y a des inconvénients.

— ... une femme honnête, je veux dire...

— Vous avez bien raison, Stan.

— ... avec eux qui s'introduisent partout...

— Stan, nous sommes dans le Sussex.

— ... on se sent pas en sécurité dans son propre lit...

— Je ne vois vraiment pas...

Il lui jeta un regard soupçonneux.

— Evidemment, dit-il, certaines femmes aiment ça. Il paraît. Elles vont renifler autour de leurs clubs comme des chiennes en chaleur.

Il se rapprocha et murmura :

— Ils ne l'ont pas plus grosse, vous savez. C'est un mythe.

— Si vous le dites.

— Je le dis.

Il brandit un index rageur à un centimètre de son visage.

Une vision céleste pénétra l'esprit de Bella : Stan écrasé, Stan réduit en bouillie, Stan écrabouillé sur son oreiller. Stan roué de coups, Stan matraqué, Stan se vidant de son sang. Stan devenu viande hachée.

Elle l'écorcherait pour arracher cette philosophie de mur de chiottes. Elle lui donnerait une migraine inoubliable. Elle lui fendrait la boîte crânienne. Elle le lobotomiserait. Elle lui détraquerait le cerveau, elle...

— Pourquoi vous souriez ?

— Hein ?

— Je vous demande pourquoi vous souriez.

— Je souris ?

— Vous avez un sourire sur les lèvres, alors vous souriez.

— Je devais penser à des choses gaies.

— C'est impoli de sourire.

— Je ne suis jamais impolie.

— Vous me trouvez drôle ?

— Je vous trouve tragique.

— Qu'est-ce que ça veut dire ?

— Ça veut dire que je ne vous trouve pas drôle.

Il l'observa. Il sentait confusément qu'elle était peut-être bien en train de se moquer de lui. Ce sourire sur son visage. Ce sourire ironique. Comme si elle savait quelque chose qu'il ignorait. Mais personne ne s'était jamais moqué de Stan. Il suffisait aux gens de le regarder pour savoir qu'il ne fallait pas se moquer. Ils savaient comment il réagirait.

Il comprit, soulagé, qu'elle était certainement attardée. Elle souriait parce que c'était une idiote. Longue à la détente. Faible d'esprit. Une femme, quoi.

Il bascula son poids sur son autre jambe.

— Je crois que vous avez besoin d'aide, dit-il. Vous ne savez pas quoi choisir. Vous êtes perdue. Voilà pourquoi vous souriez comme ça. Parce que vous êtes perdue. Confiez-moi votre problème, racontez tout à Stan, et je vous dirai ce qu'il faut faire.

Elle aurait pu lui dire. Elle aurait pu confier son problème à Stan. Si elle avait été seule avec lui, elle aurait certainement confié son problème à Stan. Mais pas ici. Pas sans arme. Alors elle ne prononça pas les paroles audacieuses, elle ravala sa bile et effaça ce ricanement qui les rendait tous si furieux.

Car Bella se trouvait toujours dans sa phase bourgeoise. Bella était toujours retenue par l'étiquette, une éducation innée, et la pensée d'un coup de botte dans le ventre.

— Vous êtes très intelligent, n'est-ce pas, Stan?

— Je ne dirais pas que je suis très intelligent...

— Vous connaissez un tas de choses, je veux dire.

— Je connais une chose ou deux.

— Vous vous y connaissez en armes.

— Je sais tout des armes.

— Dites-moi quel type d'arme acheter.

— Pour quel usage?

— Pour tirer avec.

— Sur quoi?

— Difficile à dire, répondit-elle.

— Vous avez le choix entre les pigeons d'argile, les cibles en papier... Dites-moi sur quoi vous allez tirer, je vous dirai quelle arme acheter.

Elle réfléchit. Elle considéra le problème. Elle pesa le pour et le contre. Comment formuler cela?

— Je vis dans un appartement en sous-sol, Stan. Ce n'est pas un sous-sol très sympathique. C'est plutôt sombre et plutôt humide. Et je commence à déprimer dans mon sous-sol, Stan.

— Désolé.
— Et comme si ça ne suffisait pas, par-dessus le marché, pour couronner le tout, j'ai un autre problème.
Elle s'interrompit. Il attendit.
— J'ai ce qu'on appelle un problème de vermine.
— Des rongeurs et des trucs dans ce genre ?
Elle sourit.
— Des trucs dans ce genre.
Stan paraissait préoccupé.
— Il vous faut un fusil de chasse. Voilà ce qu'il vous faut. Moi-même j'en possède deux. Vous ne pouvez pas vous tromper avec un fusil de chasse, voilà ce que je dis toujours.
Il gratta son crâne rasé.
— Remarquez, c'est pas très commode dans un appartement. Les appartements et les fusils, dit-il en aspirant entre ses dents, ça ne va pas très bien ensemble.
— Que me conseillez-vous alors ?
— Achetez un fusil à air comprimé, voilà mon conseil.
Il se creusait la cervelle.
— Ou bien du poison.
— Du poison ?
— Du cyanure, du curare, n'importe quoi.
— Je ne crois pas que je pourrais, dit-elle.
— Pourquoi ?
— Je ne voudrais pas qu'ils souffrent... (Elle cherchait le mot juste)... inutilement.
Bella la moraliste. Bella la délicate tout à coup. Bella le bourreau au grand cœur.
— Bon sang, ce ne sont que des rats.
— Je sais bien, mais quand même...
Il secoua la tête.
— Vous les femmes, vous êtes trop tendres.
— Oui, mais malléables.
— Voilà pourquoi vous vous faites plaquer.
— Parce que nous sommes trop tendres ?
— Parce que vous êtes des femmes.

— Vous aimez les femmes, Stan?

— Je n'ai rien contre.

Il lui lança un regard méfiant. Peut-être qu'elle en voulait à son corps, ou même à son fusil.

— Ecoutez, dit-il, écoutez...

— Oui, Stan?

— Il faut que j'y aille.

Elle acquiesça.

— Il faut que je nourrisse Cachemire.

— Un berger allemand?

— Non, un pit-bull. (Il fit passer son sac de toile sous l'autre bras.) Vous aimez les chiens?

Bella réfléchit. A ses yeux, tous les chiens sont des mâles, comme tous les chats sont des femelles. Les chiens chassent en meutes, empestent la maison et rampent devant leur maîtresse. Ce sont les fascistes naturels du monde animal. Caressez-les, ils vous mordent la main. Battez-les, ils vous aimeront pour toujours.

— Ils ont un certain charme, dit-elle. Une servilité canine qui peut être un baume pour l'âme.

Il lui lança un regard noir. Il lui lança un de ses regards les plus noirs.

— Bon... ça va bien, dit-il.

Il recula vers la porte, cherchant au fond de sa poche les évidences avec lesquelles il était arrivé.

— C'était très agréable de bavarder avec vous, malgré tout, dit-il.

Il sortit de biais, comme un crabe. La porte claqua derrière Stan l'Homme. Le suffrage universel, songeat-elle, avait été une grave erreur.

— Vous cherchez quelque chose en particulier, ma jolie?

Elle se tourna vers la nouvelle voix. Un des vendeurs s'adressait à elle tout en démontant un gros calibre. Le pot de graisse était ouvert, prêt. Elle s'approcha du comptoir.

— Elle veut un « Saturday-night-special », lança quelqu'un.

Un petit rire monta vers le plafond. Le « Saturday-night-special ». Le chéri des Américaines. La petite arme qu'on tient bien en main, facile à ranger, bon marché, et qui vous mènera jusqu'au bout de la nuit.

America. Terre de toutes les occasions, de la libre expression et des tueurs psychopathes. Quand vous débarquez là-bas, vous commencez par vous perdre, avant de vous trouver. Gloire, gloire, gloire. Les possibilités infinies des autoroutes infinies qui traversent le désert.

— Dites-moi ce que vous désirez, ma jolie.

Ce que Bella désire. Ce que Bella désire, c'est ce qu'elle ne peut avoir. Ce qu'elle désire, ce sont des fenêtres ouvertes les nuits d'été. Des promenades solitaires au bord de l'eau. Sans la crainte de la panne sur l'autoroute. Sans la peur du noir. Sans la terreur des bandes. Sans réflexions dans les rues. Sans attouchements furtifs dans le métro. Ne plus être obligée de flatter leur ego par peur du poing en pleine figure, du nez cassé, du sang et de la morve qui coulent dans sa bouche. Bella est née libre et partout elle est enchaînée. Des usurpateurs lui ont volé son héritage, et elle doit le récupérer.

— Ce n'est pas juste, dit-elle.

— Je sais.

— Je veux qu'on me laisse tranquille. Rien d'autre.

— Protection domestique, dit-il. Voilà comment on appelle ça dans notre métier.

Il déposa une petite boîte noire sur le comptoir et ôta le couvercle.

— Ça se vend comme des petits pains. Je n'arrive pas à fournir.

Il sortit un petit revolver à canon court avec une crosse en bois. Elle promena délicatement son doigt sur le canon.

— C'est un revolver à air. Vous pouvez tirer cinq fois sur n'importe quel intrus. Les pistolets de tir sont à déconseiller, car il faut recharger à chaque fois. Avec celui-ci, vous êtes tranquille. Si vous manquez votre cible la première fois — et vous la manquerez toujours la première fois — vous l'aurez au deuxième ou au troisième coup.

— Et s'il bouge au moment où je tire ?

— Demandez-lui de rester immobile. (Il tendit le revolver dans sa paume.) Ils ont beaucoup de succès chez les chauffeurs de taxi. Et les femmes qui vivent seules. Les mères célibataires, par exemple. Le seul problème, c'est de savoir si vous voulez un calibre deux pouces ou un quatre pouces. Celui-ci, c'est un deux pouces soigné et discret. Bon équilibre.

Il ouvrit le barillet et le fit tourner avec son pouce.

— Les femmes l'adorent, dit-il. Pourquoi ne pas l'essayer ?

Il prit une boîte rouge remplie de plombs et la conduisit vers le champ de tir intérieur, à l'autre bout du magasin. Il dévissa les projectiles dorés.

— Vous ôtez le cône, vous mettez le plomb à l'intérieur, vous revissez, vous remettez le projectile dans le barillet, et voilà.

Il chargea le barillet, le referma d'un geste sec et reposa le revolver sur le comptoir.

— Essayez-le.

Elle le prit dans sa main. Plus lourd qu'elle ne le supposait. Lisse et trapu. Le canon court brillant sans éclat. Elle le brandit à deux mains, ferma un œil et visa la cible.

Un voyage de mille kilomètres commence avec le premier pas. Du calme, Bella, du calme. Fais-moi plaisir, crétin. Juste histoire d'égaliser les chances, un peu. Il existe des meurtriers, des victimes et des spectateurs, mais ils refusent de me laisser être spectateur. Mieux vaut être le boucher que l'agneau. Rien n'est décidé à l'avance. Quoi que je porte, où que j'aille. Bienvenue dans mon désir de mort. Tiens-le bien, d'une main ferme...

Qu'ils tremblent quand on marche derrière eux. Qu'ils

pressent le pas, qu'ils enfoncent la tête dans les épaules et se dépêchent de rentrer chez eux à la nuit tombée. Filez chez vous, chiens. Détournez le regard quand on passe. Que la peur s'approche à pas de loup et vous souffle dans l'oreille...

Porcs nourris de pâtée. Crapauds pleurnichards. Rebut syphilitique. Vous n'étiez rien, et vous ne serez rien. Le grain de poussière dans mon œil. La merde sur mes chaussures...

Elle retint son souffle et appuya sur la détente. Une légère pression, pas de mouvement brusque. De la douceur, Bella. Le chien percuta la chambre. L'air comprimé projeta le plomb vers la cible. Le choc de la détonation et le revolver qui se cabre dans sa main.

— C'est bien. Maintenant détendez-vous et continuez. Il reste quatre plombs. C'est bien. Vous êtes douée.

Elle arma le chien. Le barillet tourna. Elle pressa la détente. La détonation résonna dans son crâne. Elle appuya sur la détente jusqu'à la dernière détonation. Elle aurait pu tirer indéfiniment. Elle aurait pu continuer à presser la détente et à tirer. Elle aurait pu écouter ces détonations indéfiniment.

Un vrombissement et la cible en papier coulissa jusqu'à elle. Le vendeur la décrocha et compta les trous.

— Quatre sur cinq. Vous avez manqué le premier parce que vous étiez nerveuse. Jolis tirs. Deux dans le cercle intérieur et deux dans le mille.

Il la gratifia d'un grand sourire, fier de son élève.

— Ça ira. Si quelqu'un entre par votre fenêtre, visez le visage et envoyez-lui cinq plombs.

Ils retournèrent vers le comptoir. Il ôta les projectiles du barillet et entreprit de remettre les joints en caoutchouc dans les cônes.

— Alors, vous le prenez ? demanda-t-il sans lever les yeux.

— C'est combien ?

— Cent vingt livres en liquide. Et je vous gonfle les projectiles.

— Pardon ?

— Le pistolet est vendu avec une pompe à main. Il faut faire rentrer de l'air dans les projectiles avant de mettre un nouveau plomb.

— Et les balles ?

Il leva lentement la tête.

— Il n'y a pas de balles.

Il scotcha la boîte en fer rouge.

— Ce revolver tire des plombs. Il utilise de l'air pour tirer des plombs. Voilà pourquoi on appelle ça un revolver à air.

— Mais moi je veux tirer des balles, pas des plombs !

Il la regarda. Il soupira. Il secoua la tête. Il remit le revolver dans sa boîte comme un bijoutier qui découvre que le client n'a pas les moyens de payer le prix demandé.

— Nous n'avons pas le droit de vendre ce genre d'armes librement. Ce ne sont pas des jouets, vous savez. C'est dangereux. Vous pourriez tuer quelqu'un accidentellement.

Dire cela à Bella qui de sa vie n'a jamais tué personne accidentellement. La vision de l'arme commence à s'évanouir, comme une bougie vacillante.

— Et il vous faut un permis, ajouta-t-il en faisant claquer un élastique autour de la boîte avant de la ranger sous le comptoir.

Un homme vêtu d'un manteau en cachemire se tenait à côté d'eux.

— On ne peut pas en vendre à n'importe qui. Si on pouvait en vendre à n'importe qui, Stan en posséderait un.

C'était un argument d'une logique imparable.

— Qui délivre les permis ?

— La police, répondit le vendeur. Vous faites une demande à la police, ils se renseignent sur vous, et si vous êtes une gentille fille, si vous n'avez pas de casier judiciaire, et s'ils jugent vos raisons valables (il insista sur ce dernier mot), vous obtenez votre permis.

— Sinon, vous ne l'avez pas, ajouta le manteau en cachemire.

Le vendeur haussa les épaules.

— Et voilà, dit-il. De toute façon, vous n'allez pas tirer des vraies balles, hein?

— Non, concéda-t-elle.

Elle le remercia d'un sourire.

File-moi le flingue, abruti.

— Je ne pense pas.

IX

Elle resta un instant devant la boutique ; de légers flocons de neige tombaient sur sa tête nue. Abattue. Arrêtée brutalement dans son élan. L'adrénaline s'échappait peu à peu. Elle descendit la rue, sans but.

Maudits soient-ils. Maudits soient les législateurs et leur intimité si bien protégée. Et maudits soient leurs fichus permis de port d'arme.

Maudits soient-ils pour la laisser sans défense. Maudits soient-ils pour lui interdire de transporter une arme à feu dans son sac à main, un couteau ou une bombe de gaz lacrymogène. Maudits soient-ils pour le couvre-feu qu'ils lui imposaient, pour le purdah derrière lequel ils la cachaient, pour le tchador invisible dont ils l'enveloppaient afin que sa silhouette n'offense personne. Maudits soient tous ces chiens de législateurs, et maudits soient leurs juges, et maudite soit la force qui les protégeait.

Bella qui descend la rue en crachant des insultes muettes sous la neige. Bella contrecarrée dans son plan, à deux doigts du but. Sacrée Bella. Téméraire et déterminée. La vengeance qui lui fait signe comme un phare à l'horizon, sans qu'elle puisse l'atteindre.

Bella qui descend la rue en traînant les pieds. Froide, mouillée et sans arme. C'est vraiment drôle. Vous trouvez ça drôle ? Ne riez pas trop fort. Ne riez pas trop fort, elle pourrait vous entendre. Ne demandez pas pour qui sonne le glas. Il pourrait bien sonner pour vous.

Un bruit de pas derrière elle. Elle se raidit. Les pas se rapprochèrent. Elle ne se retourna pas. Un bruit de pas à son côté ; elle attendit que les pas la dépassent, mais ils ralentirent pour se mettre au même rythme. Regardant droit devant elle, elle continua d'avancer.

Tu veux m'agresser, *untermensch* ?

— Je n'ai pu m'empêcher d'entendre...

Elle jeta un regard de biais à son compagnon de route. C'était l'homme au manteau en cachemire. Elle continua d'avancer.

— Je n'ai pu m'empêcher d'entendre votre conversation tout à l'heure, reprit-il. Vous vous y êtes mal prise.

Il avançait d'une démarche bondissante et s'efforçait, non sans mal, de raccourcir ses pas.

— Les gens qui veulent des flingues ne vont pas droit dans les armureries.

L'idée ne lui était pas venue qu'elle voulait un flingue. Les flingues, c'était pour les gangsters. Les flingues, c'était pour les méchants, les bandits et les crapules. Les truands et les racketteurs. Des gens mauvais et brutaux qui ne payaient pas leurs impôts.

Mais quand on y pense vraiment, que signifie un mot ? Ceux qui font les lois possèdent leurs armes légales. Ceux qui enfreignent les lois possèdent des flingues. Ils ont érigé leur barricade, et ils ont repoussé Bella de l'autre côté, ce n'est pas une chicane sémantique qui va l'arrêter maintenant.

— Où vont-ils alors ?

— Ils viennent me trouver.

Sur ce, il bifurqua vers un break blanc garé de l'autre côté de la rue. Il inséra la clé dans la serrure et se tourna vers elle.

— Vous venez ?

Elle frissonna dans le froid. Elle le regarda monter en voiture. Elle regarda ce possible marchand d'armes se glisser à bord. Peut-être était-ce un marchand d'armes, peut-être pas. Voilà la vraie question. S'intéresse-t-il uniquement à son argent? Ses intentions sont-elles honorables? Elle le regarda s'asseoir au volant.

Curieuse façon de trouver des clients. Mais après tout, les affaires sont les affaires. Il disait peut-être vrai. Mais peut-être mentait-il. Elle le regarda boucler sa ceinture. C'est le moment de prendre une décision. De décider à quel point elle a besoin d'une arme. A quel point elle brûle d'envie de posséder une arme. Ce qu'elle est prête à risquer pour avoir une arme.

Elle traversa la chaussée boueuse et fit le tour de la voiture. Il se pencha pour lui ouvrir la portière. Elle le regarda fixement, et pendant un instant, elle hésita.

Elle essaya de déchiffrer son expression, mais son visage demeurait impénétrable. C'était un homme fort, il avait de grandes mains. De grandes mains carrées de fermier. Elle imagina ces mains autour de son cou. La lente pression de ces grosses mains carrées.

Elle sait que sa fragilité les excite. Elle sait que sa faiblesse la rend désirable à leurs yeux. Ils n'ont qu'à la regarder, et c'est comme s'ils entendaient le bruit de ses os qui se brisent. Ils n'ont qu'à poser leur souffle sur elle, et elle se couvre de bleus.

Alors elle hésita, un instant. Elle vit ses mains et elle hésita. Elle vit son visage et elle hésita. Mais un instant seulement, car celle qui hésite est fichue. Celle qui hésite n'achètera jamais un joli petit flingue noir mat à un homme vêtu d'un manteau en cachemire.

Elle se glissa sur le siège du passager et referma la portière. Il enclencha la première. La voiture bondit dans la rue déserte.

[illegible]

X

— Je n'ai pas bien saisi votre nom, dit-elle en regardant ses mains sur le volant.

A chaque seconde, il jetait un petit coup d'œil dans le rétroviseur.

— Mr. Brown. (Il accéléra pour passer à l'orange.) Et vous êtes...

— Miss Jones.

— Enchanté, Miss Jones.

— Moi de même, Mr. Brown.

Il conduisait vite et nerveusement. Un homme pressé. Le pied sur l'accélérateur, il descendait la rue à toute allure. La vitesse la plaquait contre son siège, comme dans un avion au décollage. Elle aime cette sensation. Elle aime éprouver cette sensation quand l'avion décolle et qu'on est plaqué au fond de son siège.

Elle n'a jamais possédé un grand sens de l'orientation. Elle a toujours été quelque peu désorientée. Au bout d'un quart d'heure de trajet, elle était complètement perdue. Quand il tourna à gauche, à droite, puis de nouveau à gauche, pour finalement s'arrêter dans un terrain vague, la manœuvre fut si rapide qu'il avait pilé et éteint les lumières alors qu'elle se débattait encore avec sa ceinture de sécurité.

Il désigna un petit interrupteur sur le tableau de bord.

— Vous savez à quoi ça sert, Miss Jones? (Il

l'abaissa.) Ça sert à verrouiller toutes les portes. C'est une voiture avec condamnation centrale des portes, Miss Jones.

Goûtez la vulnérabilité infinie de Bella. Pour se procurer une arme, elle doit monter dans la voiture d'un homme. Monter dans la voiture d'un homme, ça signifie tout risquer. Tout risquer peut signifier tout perdre.

Ils restèrent assis dans l'obscurité naissante. Il tapotait la boule du levier de vitesses avec un épais doigt ganté. Elle suivait le mouvement du doigt, comme une baguette marquant le tempo. Il avait de si grosses mains.

— Etes-vous de la police, Miss Jones?

— Je vous demande pardon?

Il pivota sur son siège et la saisit par l'épaule.

— Etes-vous un flic de sexe féminin?

Il alluma le plafonnier afin qu'ils puissent se regarder dans les yeux. Il avait des yeux vides, impassibles, incolores. Elle n'avait jamais vu des yeux aussi incolores. Elle ignorait qu'il existait des yeux aussi incolores. Elle se demandait qui avait ôté la couleur de ces yeux incolores.

— Non, dit-elle, je ne suis pas de la police.

Ses lèvres se retroussèrent sur de puissantes dents jaunes. Elle sentit son estomac se soulever.

— Vous avez peut-être un micro sur vous, dit-il. En ce moment vous êtes peut-être en liaison avec un collègue planqué dans une voiture banalisée. Ce serait très vilain de votre part, Miss Jones, vraiment très vilain.

Ses doigts s'enfoncèrent dans son épaule maigre.

— Vous êtes du genre méfiant, Mr. Brown. Je veux acheter une arme. Vous voulez me vendre une arme. Nous sommes faits pour nous entendre.

— J'ai peur que non, Miss Jones. Je n'ai aucun faible pour les femmes. Le corps féminin ne correspond pas à mes goûts.

— Comment?

— Les courbes me tapent sur les nerfs.

— Dois-je comprendre que je traite avec un pédé, Mr. Brown?

Il parut vexé.

— Je ne suis pas une tante, Miss Jones. Je suis un mâle dominateur. Passez-moi votre sac à main, je vous prie.

Elle le lui tendit. Il ôta ses gants. Il ouvrit le sac et en déversa le contenu sur ses genoux. Il fit courir ses doigts sur la doublure et passa plusieurs minutes à examiner les divers objets qu'il avait sortis, avant de les ranger en vrac et de refermer le sac.

— C'est parfait, Miss Jones.

Il reposa le sac sur le dessus du tableau de bord.

— Veuillez mettre les mains sur la tête.

Elle roula des yeux pour montrer son agacement, une petite démonstration de protestation, une petite marque de résistance. Mais il était costaud. Et elle était si petite. Alors elle s'exécuta et mit ses mains sur sa tête.

Il la fouilla très rapidement et très consciencieusement, glissant ses mains légères mais fermes dans tous les endroits susceptibles d'accueillir un micro, et même les autres.

Quand il eut terminé, il renfila ses gants, lui rendit son sac à main et remit le contact.

— Je vous prie d'accepter mes excuses, dit-il. Je peux vous assurer que cela a sans doute été plus pénible pour moi que pour vous.

Il retourna sur la nationale et roula pendant environ dix minutes avant de prendre la route de Newhaven. Ils franchirent rapidement les Downs, jusqu'à la côte, pour bifurquer ensuite vers l'ouest en direction de Brighton. Non loin de Rottingdean, il s'arrêta devant un pub. Elle regarda le toit de chaume et la façade à colombages. C'était un vieux pub à l'ancienne. De style Tudor ou élisabéthain. Quelque chose comme ça. Elle n'est pas très calée en architecture, mais elle sait ce qu'elle aime, comme on dit.

— Je vous dépose ici, dit-il. Attendez-moi à l'intérieur.

— Vous en avez pour longtemps ?

— Non.
— C'est-à-dire ?
— Ne me bousculez pas, Miss Jones.
Elle défit sa ceinture, agrippa son sac et lui jeta un regard noir.
— Vous ne savez même pas exactement ce que je veux.
— Le savez-vous vous-même ?
Elle réfléchit un moment.
— Je veux un pistolet, dit-elle. En bon état. Graissé, prêt à servir et automatique de préférence.
— Quelle quantité de munitions ?
— Des tas. Des monceaux de munitions. Des tonnes. Je veux que ça tinte quand je marche. Je veux être lestée de munitions. Il m'en faut pour un an. J'en veux pour un an, au moins. Sinon plus.
— Je peux vous procurer un chargeur.
— Combien y a-t-il de balles dans un chargeur ?
— Six.
— Six cents ?
— Non, six.
— Comment six balles peuvent-elles me durer un an ?
— Vous en tirez une tous les deux mois.
— Logique.
— Ça vous coûtera quatre cents livres.
— Ce n'est pas donné.
— Il y a beaucoup de demande.
Il débloqua le verrouillage central des portes. Elle descendit de voiture. Il se retourna et abaissa sa vitre.
— Vous avez l'argent sur vous ?
— Evidemment.
— Où l'avez-vous caché ?
Une lumière chaude brillait derrière les fenêtres à petits carreaux du pub. Elle avait grand besoin d'un verre.
— Quelque part où vous n'auriez pas envie d'aller chercher, Mr. Brown.
Elle lui sourit, il lui sourit ; elle regarda les deux feux

arrière rouges s'éloigner rapidement et disparaître sur la route.

Elle entra dans le pub. Elle franchit le seuil, passa devant le vestiaire et pénétra dans le *lounge*. C'était un pub parfaitement dans le style Rottingdean. Salubre serait l'adjectif approprié. Avec cette espèce de chic miteux qu'affectionnent les Saxons de la meilleure espèce. Il n'y avait pas de flaques mousseuses par terre. Il n'y avait pas de juke-box dans un coin. Pas de petits loubards qui s'amusent à cracher dans leurs verres de bière. Un pub très propre, très Rottingdean.

Quelques buveurs solitaires étaient assis à des tables séparées pour éviter d'avoir à parler à quelqu'un. Dans un coin, un jeune couple faisait durer leurs verres, en se caressant, chuchotant et riant. Elle entra dans les toilettes pour dames et referma la porte derrière elle.

Brave vieux Tim, songea-t-elle. Elle retira une épaisse liasse de billets humides de son endroit le plus précieux. Brave vieux Timothy. Elle enleva le plastique qui enveloppait les billets et compta quatre cents livres. Elle rangea les trois cent vingt livres restantes dans la poche à fermeture Eclair de son sac à main et tira la chasse d'eau. Le *Guardian* de la veille était posé à côté du lavabo. C'était un pub très bien.

De retour au bar, elle s'assit le plus près possible du feu et alluma une cigarette. Un instant, elle envisagea de commander un verre, mais décida finalement d'attendre. Elle attendrait le retour de son marchand d'armes. Elle le laisserait remplir son verre. Elle le laisserait glisser la main dans sa poche pour sortir une liasse de billets et lui demander ce qu'elle désirait. Que voulez-vous boire? demanderait-il. Qu'est-ce qui vous ferait plaisir?

Le plaisir de Bella. Le plaisir de Bella, c'est de les laisser lui offrir à boire. Le plaisir de Bella, c'est de voir les individus à trois pattes dépenser leur argent. Le plaisir de Bella, c'est de leur faire allonger un ou deux billets de cinq livres. C'est plus fort qu'elle. Elle aime quand ils lui achètent des choses. Les faire payer, c'est un truc de femme. Une petite victoire vulgaire, peut-être, mais c'est si bon.

Il la rejoignit vingt minutes plus tard, avec son manteau en cachemire sur le bras et un petit sourire crispé sur le visage. Il déposa soigneusement son manteau sur le dossier d'une chaise, se redressa et lissa ses cheveux. Ils se saluèrent d'un signe de tête avec une familiarité prudente.

— Voulez-vous boire quelque chose, Miss Jones?

— Je prendrais volontiers un Babycham, Mr. Brown.

Petite miss innocente. Petite miss Babycham. Petite miss à qui on donnerait le bon Dieu sans confession. Elle cracha la fumée vers le plafond et la regarda s'enrouler lentement autour des poutres en bois sombre. Elle commençait à se sentir légèrement fatiguée et énervée. Elle avait tellement de choses à faire, et si peu de temps pour les faire.

Elle le regarda se diriger vers le bar. Il s'adressa tranquillement au barman et lui tendit un gros billet. Le barman murmura une réponse et tous les deux éclatèrent de rire. La connivence entre les hommes, quelle chose merveilleuse, songea-t-elle. Il revint, déposa son verre sur le petit dessous de verre carré et se rassit. Il approcha sa chaise de la table, et soudain, elle ne put attendre plus longtemps.

— Passons aux choses sérieuses.

— La patience est une vertu, Miss Jones.

— Ce n'est pas une des miennes, Mr. Brown. Plus maintenant.

— Chaque chose en son temps, Miss Jones.

Il leva son verre. Un liquide doré faisait des remous à l'intérieur.

— Tout vient à point à qui sait attendre.

Des mèches fines de cheveux argentés couvraient son crâne. Elle distinguait nettement la forme de ce crâne. Depuis quelque temps, elle faisait très attention à la forme du crâne des hommes.

Elle tira sur sa cigarette et le vit froncer les sourcils. Elle grogna intérieurement. Encore un non-fumeur. Pas de sermons, je vous en supplie. Pas aujourd'hui, pas maintenant.

— Mauvaise habitude, Miss Jones, si je puis me permettre.

Elle lui sourit et aspira profondément la fumée dans ses poumons.

— Vous ne fumez pas, Mr. Brown?

Il avala une gorgée de scotch et grimaça.

— Je n'en ai jamais éprouvé le besoin, personnellement. Un esprit sain dans un corps sain, et j'ai bien l'intention de le conserver.

— Vous avez l'air en pleine forme, remarqua-t-elle.

— Je le suis.

— Je suppose que vous faite du jogging.

Il fit la grimace.

— Le jogging est une plaisanterie. Je fais de véritables exercices. Quarante minutes chaque jour. Assouplissements et étirements. Des pompes. Des tractions. Des haltères. C'est une sensation merveilleuse. Ça fait transpirer sainement. Il n'y a rien de mieux.

Bravo, mon gars. Bravo.

— On prétend que les fumeurs recherchent le souvenir de la tétée, dit-il. C'est ce qu'on dit.

Elle tira une dernière bouffée, exhala lentement la fumée, l'air songeur.

— Est-ce une vérité établie, Mr. Brown?

— On dit que les fumeurs ont des penchants oraux, reprit-il. (De minuscules veines bleues striaient ses joues.) Avez-vous des penchants oraux, Miss Jones?

— Apparemment.

Elle écrasa son mégot dans le cendrier.

— Tandis que vous, de toute évidence, vous êtes plutôt anal.

Comme la police, elle préfère user de représailles la première.

Ses yeux de pierre se plissèrent un instant, mais il continua à sourire. Après tout, elle était la cliente.

— Avec une bouche comme la vôtre, Miss Jones, il vous faut une arme.

Elle piocha une autre cigarette dans le paquet et la coinça entre ses lèvres. Il lui prit son briquet pour l'allumer. Il approcha la flamme de la cigarette. Elle regarda le tabac rougeoyer. S'il le lui avait demandé, elle aurait pu lui dire que le tabac ne la tuerait pas. Quelle que soit la cause de sa mort, ce ne serait pas le tabac.

— Comment en êtes-vous arrivé là, Mr. Brown?

— Que voulez-vous dire?

— Comment en êtes-vous venu à brasser des affaires louches?

— C'est un petit peu personnel, Miss Jones. Juste un tout petit peu.

— Je ne voulais pas me montrer indiscrète...

— J'en suis certain.

— ... mais je serais curieuse de savoir.

Il but une gorgée de scotch.

— C'est comme le reste. Vous trouvez le fournisseur. Vous trouvez les clients. Vous réunissez les deux et vous leur donnez ce qu'ils cherchent.

— C'est aussi simple que ça?

— Aussi simple que ça.

— Vous vendez à n'importe qui?

— A tous ceux qui ont de quoi payer.

— Et si vous désapprouvez leurs motivations?

— Je désapprouve la plupart de leurs motivations, Miss Jones. Je désapprouverais certainement les vôtres.

— Vous êtes un homme loyal, Mr. Brown?

— A cent pour cent. Je me suis fait moi-même et j'en suis fier. Autodidacte et fier de l'être.

— Vous n'aimez pas les syndicats, alors?

— Je déteste les syndicats. Ce sont des fauteurs de troubles, Miss Jones. Des saboteurs. L'ennemi intérieur.

— Et l'homme de la rue?

— J'emmerde l'homme de la rue.

— Etes-vous né comme ça, Mr. Brown, ou bien l'êtes-vous devenu?

— Un peu des deux, Miss Jones. Je me suis engagé. J'ai signé et j'ai fait mon temps. Douze ans, ma jolie. Douze belles années. C'est l'armée qui m'a fait. En entrant, j'étais un ignorant. Un nigaud qui se croyait malin. Et j'en suis ressorti sergent-chef.

Il but une autre gorgée.

— Police militaire, Miss Jones.

Il posa sur elle ses yeux incolores.

— Vous n'étiez pas au cœur de l'action alors?

Le souvenir lui arracha un sourire.

— Bien sûr que si.

Il s'exprimait d'un ton neutre. Comme si rien ne l'embêtait vraiment. Comme s'il était gelé jusqu'au plus profond de lui-même et incapable de se réchauffer. Comme s'il était prêt à abattre toutes les lois à coups de hache pour faire son feu.

— Remettre dans le droit chemin tous les salopards, c'était de l'action. Tabasser ces enfoirés de simulateurs, c'était de l'action. J'ai fait ma part, Miss Jones, ne vous inquiétez pas.

— On dirait que vous aimiez ça, Mr. Brown.

— J'adorais ça, Miss Jones.

— Vous étiez désolé de partir?

— Ça m'a brisé le cœur.

— Toute cette discipline... murmura-t-elle.

— Tout ce pouvoir...

— Disparu...

Il soupira avec mélancolie.

— C'était le bon temps, Miss Jones.

— Je n'en doute pas, Mr. Brown.

— Je me souviens de ce gars. Seaton il s'appelait, ou Heaton, ou quelque chose comme ça. Un jeune effronté. Beaucoup trop malin. C'était à l'époque du service national, quand les deuxième classe étaient souvent trop malins. Il aurait voulu être officier, sous prétexte qu'il avait son certif. Un petit saligaud trop malin. Aucun respect. Il avait le don de m'énerver, c'était mauvais pour ma digestion.

Il porta la main à son estomac pour montrer à quel endroit Seaton lui tapait sur les nerfs.

— Il avait beaucoup lu, mais il ne connaissait rien à la vie. En tout cas, il ne connaissait rien à la prison. Un petit gars mignon comme lui ne devrait pas se laisser envoyer au trou.

Il sourit au mur.

— C'était la poule la plus mignonne de tout le bloc C. Tout le monde lui courait après, mais il était hétéro, il refusait. Alors un soir, on l'a collé au mitard. A l'écart de ses potes. On l'a laissé mariner un peu. Cette nuit-là, on a laissé entrer cinq types de Argyll et Sutherland. Repos et divertissement pour les gars.

Il prit un des dessous de verre et contempla la scène de chasse qui y était représentée.

— Imaginez un peu, Miss Jones. Cinq soldats écossais velus. L'un après l'autre.

— Ça a dû lui faire passer l'envie de vous énerver, dit-elle.

— Je suppose.

— Vous n'aviez pas peur de tomber sur lui au-dehors ?

— Pas vraiment.

— Après sa libération, je veux dire. Après qu'il a eu fait son temps, à sa sortie.

— Seaton-Heaton est ressorti les pieds devant, Miss Jones.

Il jeta un regard à la pendule au-dessus de la cheminée.

— Seaton-Heaton était un voltigeur.

Il examina le liège sous le dessous de verre.

— Seaton-Heaton a fait un vol plané depuis le troisième étage.

Il fit claquer le dessous de verre sur la table. Les verres tressautèrent.

— Il est tombé, Miss Jones. Il est tombé pour la Reine et la Patrie.

Le barman leva la tête. Quelqu'un toussa dans un coin. Elle avait envie de vomir.

— Maintenant que vous savez à qui vous avez affaire, je suggère, comme vous le proposiez tout à l'heure, que nous passions aux choses sérieuses.

Elle déposa l'exemplaire du *Guardian* plié sur le revêtement brillant de la table. Elle posa sa main sur le journal et sentit le renflement de l'argent à l'intérieur. Il pencha la tête pour tenter de lire le gros titre à l'envers. Une histoire de secrets militaires, de contrats et d'ordinateurs. Les gros titres du *Guardian* avaient tendance à être prolixes.

— J'espère que vous n'êtes pas une lectrice du *Guardian*, Miss Jones.

— Ça vous embêterait, Mr. Brown?

— Si j'en viens à traiter avec des lecteurs du *Guardian*, c'est que l'heure est grave.

Il avait un visage tellement inerte, avec ses yeux morts et sa peau récurée.

— Que leur reprochez-vous?

— Ce sont des geignards, Miss Jones. Ils critiquent. Ils se plaignent. Et ils se croient nés pour commander.

— Bref, vous ne les aimez pas?

— Je ne dis pas que je ne les aime pas. Je dis simplement qu'ils me tapent sur le système.

Il était quatre heures de l'après-midi. D'un bout à l'autre du pays, dans des auberges, grandes et petites, on concluait des affaires, on scellait des destins, on achetait des vies, on rayait des noms. Dans des pubs en chêne, dans des pubs en plastique, des pubs avec ou sans juke-box, autour d'un brandy ou d'une bière chambrée, des individus achetaient et vendaient, esquivaient et plongeaient, faisaient des petits arrangements moites, se serraient la main et repartaient d'une démarche raide. C'était tellement civilisé, tellement européen, tellement continental, de ne pas être obligé de se rencontrer sur un banc de square, sous un abri de bus ou près d'un échangeur d'autoroute. Celui qui avait inventé l'ouverture permanente, songeait-elle, devrait être canonisé.

Que disait-il?

— Désolée, que disiez-vous? demanda-t-elle.

— Je disais que vous aimeriez peut-être me dire ce que vous comptiez faire avec.

— Avec quoi?

— La marchandise, Miss Jones. J'aimerais savoir pourquoi vous avez besoin de ma marchandise. C'est ma façon d'opérer. Comment opérez-vous, Miss Jones?

— J'opère selon le principe du « besoin de savoir », Mr. Brown, et je crains que vous n'ayez pas besoin de savoir.

Il vida son verre de scotch et pinça ses lèvres humides.

— J'aimerais vous donner un conseil gratuit, Miss Jones.

Elle but une gorgée de Babycham.

— Allez-y.

— Quoi que vous fassiez, ne conservez pas la marchandise plus longtemps que nécessaire. Le numéro a été effacé, on ne peut donc pas l'identifier. Et surtout, on ne peut pas remonter jusqu'à moi. J'aime qu'il en soit ainsi, et je tiens à ce que ça continue.

Il fit courir son doigt sur le rebord du verre.

— Ne le manipulez pas sans mettre de gants. Ne vous promenez pas avec le cran de sécurité ôté. Ne le braquez pas sur quelqu'un à moins d'être prête à l'utiliser, et ne l'utilisez pas à moins d'être certaine de pouvoir vous en tirer.

— C'est tout?

— Oui. Ne m'en tenez pas rigueur si vous vous faites prendre.

— Je ne me ferai pas prendre.

Il haussa les épaules. Ce n'était pas son problème. De toute façon, il était blanc comme neige. Il tira le journal vers lui.

Il glissa sa main entre les pages et se mit à compter l'argent.

— Il est trempé, marmonna-t-il.

— Mieux vaut de l'argent détrempé que pas d'argent du tout.

— C'est un plaisir de traiter avec vous, Miss Jones.

— Je sais.

— OK, dit-il après quelques minutes.

Il retira sa main. Elle était noire d'encre. Il replia le journal et le coinça sous son bras. Elle posa sa main sur son coude, comme s'ils étaient amants.

— Est-ce que nous n'oublions pas quelque chose ?

— Faites-moi confiance, Miss Jones.

Elle le suivit hors du bar ; ils franchirent la porte à double battant. Il fonça vers sa voiture, qui brillait d'un éclat jaune sous un lampadaire au tungstène. Il inséra sa clé dans la serrure et ouvrit la portière.

— Il est temps de nous dire au revoir, Miss Jones.

Il se glissa derrière le volant. Si c'était une arnaque, c'était une arnaque sans bavure. Il fallait lui rendre justice. Elle lui rendrait également autre chose, si jamais elle le retrouvait.

Pour la seconde fois ce soir, elle le regarda baisser sa vitre et passer la tête au-dehors.

— Il y a une poubelle au fond du parking, dit-il. Si vous fouillez assez profondément, vous le trouverez dans un sac de chez Waitrose. Avec un chargeur. C'est un automatique italien, le cran de sûreté est à gauche, juste au-dessus de la détente.

Il enclencha la première.

— Je ne vous ai jamais vue et je ne veux plus vous revoir.

Elle le regarda sortir à toute allure du parking, avec ses quatre cents livres.

Elle se retourna et balaya le parking du regard. Il y avait deux poubelles. Elle se dirigea vers celle qui se trouvait dans l'obscurité. Fais vite maintenant, Bella. Elle marcha jusqu'à la poubelle et plongea sa main à l'intérieur, comme si elle avait l'habitude de fouiller dans les ordures, comme si elle faisait ça chaque jour. Elle avait toujours eu de la chance à la pêche miraculeuse.

Quand elle avait cinq ans, elle avait plongé sa main

dans un bac à sable à la fête de l'école, et elle était tombée sur le plus beau jouet qu'ils avaient caché à l'intérieur. Le soleil brillait, l'herbe était verte et tout le monde lui souriait parce qu'elle n'avait que cinq ans et que c'était elle qui avait gagné le plus beau jouet caché dans le bac.

Et son petit cœur, son petit cœur d'enfant débordait d'amour pour le monde entier, car le monde était plein de cadeaux, et il suffisait de fermer les yeux et de les extraire du sable.

Cette fois, elle garda les yeux ouverts. Elle garda les yeux ouverts et essaya d'avoir l'air normal tandis qu'elle sortait des paquets de cigarettes vides, des sachets de chips gras, des trognons de pommes, un gant en laine et un préservatif usagé. Brown, salaud de pervers. Elle plongea plus profondément. Rien. Espèce de sale voleur pédéraste, je t'aurai.

Sa main s'enfonça plus profondément et ses doigts rencontrèrent le fond en fer de la poubelle. Rien ici. Elle avait besoin de le tenir dans sa main. Elle avait besoin de refermer ses doigts chauds autour du canon froid, et de sentir son poids mort dans sa main. Il fallait qu'elle le tienne dans sa main.

Salaud de Brown. Saloperie de giton. Ordure dégénérée. Alors qu'elle croyait que tout était perdu, qu'elle se sentait sur le point d'éclater et de hurler son besoin de posséder une arme, elle étendit le bras et — Dieu soit loué — elle découvrit son saint graal. Elle sentit sous ses doigts le plastique lisse et familier, et la bosse dure à l'intérieur. Elle sortit le sac, puis, sans attendre, sans fouiller plus loin, sans tenter le diable plus longtemps, elle repartit d'une démarche raide.

XI

Vous savez ce que c'est quand vous avez besoin d'un homme ? Quand vous éprouvez l'envie forte et soudaine d'enlacer un homme ? Quand la chaleur devient trop intense, et que vous vous consumez pour un homme ?

Voilà ce qu'elle ressentait ce samedi soir.

Elle en avait besoin. Elle en mourait d'envie. Elle était en chaleur. A tel point qu'elle se consumait. Brûlante, elle sortit dans la nuit neigeuse et froide, en se demandant s'ils le sentaient en la voyant passer. Elle se demandait s'ils savaient, grâce à la lueur de son regard, que le désir la consumait.

Elle descendit Marine Parade comme une ensorceleuse. Ses talons hauts claquaient sur la chaussée verglacée. Son manteau en coton bon marché, sa robe de satin rouge, et la soie extra-fine des bas noir pute.

Il est dix heures et demie ce samedi soir. Elle passe devant les discothèques de Marine Parade. Le vent écarte les pans de son manteau d'été. Ils aperçoivent la robe écarlate en dessous. Le vent de la mer entrouvre son manteau d'été, et ils frémissent en voyant la robe en dessous.

Elle attire tous les regards en descendant la rue. Les regards que vous attirez quand le vent écarte votre manteau et qu'ils s'aperçoivent que vous portez votre robe du samedi soir. Les regards que vous attirez quand vous descendez la rue, avec le vent dans vos cheveux, un samedi soir. Les regards que vous attirez quand vous marchez seule, et que vos talons hauts résonnent, le samedi soir.

Elle le cherche. Elle le cherche tout simplement. Si vous leur demandez, ils vous le diront : elle le cherche. Cette chienne de salope avec sa tête de pute descend la rue en virevoltant et elle sourit intérieurement. Elle se promène seule un samedi soir et ils s'étranglent avec leur bière en la voyant passer.

Elle se promène seule dans une station balnéaire, portant un manteau d'été léger qu'écarte le vent. Et elle est si chaude qu'elle ne sent même pas le froid. Elle est si brûlante qu'elle craint de se consumer. Elle brûle du désir d'être avec un homme.

Elle passa devant un club ; ils se tenaient à l'entrée. Ils la regardèrent passer dans sa robe lie-de-vin. Ils virent la robe rouge et ils la traitèrent de salope. Elle les faisait voir rouge, alors ils l'insultèrent. Ils la traitèrent de salope alors qu'elle descendait la rue. Elle les entendit, mais elle continua d'avancer. Sa tête explosa, mais elle continua.

Les chiens enragés sortent sous le soleil de la mi-journée. Les chiennes sortent la nuit. Ils la regardèrent s'éloigner. Ils la traitèrent de salope, plantés devant la porte. Ils la traitèrent de salope, elle entendit ce qu'ils avaient dit, et sa tête explosa, mais elle continua d'avancer dans Marine Parade.

Ils passèrent si près, ce samedi soir. Ils ignoraient la chance qu'ils avaient. La chance qu'ils avaient qu'elle continue d'avancer. Ils pensaient voir une salope se promener dans les rues. Une salope avec un air satisfait. Un morceau de viande. Ils ne voyaient pas ses yeux, tandis qu'elle continuait d'avancer. Les yeux de chien enragé, tandis qu'elle continuait d'avancer. Descendant la rue en se consumant, descendant la rue en tournoyant, descendant la rue en souriant, un samedi soir.

Une fois qu'elle aurait terminé, ils essaieraient de

trouver un plan d'ensemble. Ils essaieraient de trouver une logique. Ils réuniraient toutes les choses qu'elle avait faites pour tenter de les assembler. Elle serait obligée de leur dire de ne pas prendre cette peine. Elle serait obligée de leur dire de ne pas gaspiller leur temps.

Il n'y avait aucun plan. Il n'y avait aucune logique. Impossible de tout assembler. Il n'y avait aucune signification, si on ne partageait pas cette façon de voir.

Tout était fortuit. Rien n'était signifiant. Le seul but était d'éteindre le feu. Et même cela n'était pas signifiant : elle l'avait éteint la nuit précédente, et il s'était ravivé une fois de plus.

Même le choix de l'hôtel. Ils se demanderaient : pourquoi cet hôtel-là ? Elle hausserait les épaules et répondrait : pourquoi pas ?

Elle traversa un hall doré. C'était un hôtel du meilleur genre. Le genre où l'on vous réclame un supplément pour le petit déjeuner. Couleurs discrètes, voix étouffées et un piano qui tinte dans un coin. Elle capta son reflet dans un miroir ancien. Spectacle enchanteur. Vision d'une beauté en lurex. Bella avait revêtu ses plus beaux habits.

Elle avait pris de la crème, s'était enduit et massé doucement le visage. Elle avait mis de la poudre, des nuances et de l'éclat. Elle s'était peinte, elle s'était transformée, réinventée, jusqu'à devenir leur fantasme le plus fertile. Une sirène aux yeux noirs surgie des profondeurs. La Lilith de leurs rêves.

Elle promena ses doigts sur son ventre. Le corset lacé la serrait. Plus fort qu'aucun homme ne pourrait jamais l'étreindre. Elle sourit à son reflet magnifique, car elle savait une chose : personne n'aimerait jamais Bella comme Bella aimait Bella.

Elle entra dans le bar. Bella est ici. Bella est arrivée. Elle se laissa tomber sur un tabouret en cuir et sourit au barman. Un beau gosse. Presque un chérubin. Il lui servit une vodka, avec de la glace et du citron, comme elle l'aime.

Elle espérait que le directeur ne la verrait pas. Elle pensait toujours à Joey quand elle voyait un directeur d'hôtel. Elle détestait les scandales, et les directeurs faisaient des scandales. Ils faisaient toujours des scandales quand ils la voyaient.

Au bon vieux temps, quand Bella était une mauvaise fille, avant de devenir une folle, les directeurs l'auraient fait jeter dehors. Ils l'auraient fait jeter dehors comme un déchet fétide. Et les larmes. Combien de larmes elle avait versées. Les larmes qu'elle versait en descendant les escaliers. Joey dans sa voiture. Son protecteur et son défenseur. Son professeur et son bourreau.

Ça l'amusait tellement qu'il riait pendant qu'elle pleurait. Il chantait cette chanson : « Tu as voulu sortir du ruisseau, mais tu as toujours les pieds dans la boue... » C'était un gros manque à gagner, mais ça le faisait rire.

Elle adressa un signe de tête au chérubin à la taille fine, et il lui prépara une autre vodka. Impudente petite Bella, boire seule. La petite coquine. La petite garce.

— Servez-en un autre, dit une voix.

Une voix puissantes. Pas un murmure. On pouvait croire que c'était quelqu'un avec une voix pareille.

Il s'assit sur le tabouret voisin. Sa cuisse dodue appuyait contre la sienne. Une odeur de transpiration enveloppa le bar.

— Je m'appelle Norman, dit-il.

— Bonsoir, Norman. (Elle porta son verre à ses lèvres.) Je m'appelle Bella.

Il goba une olive.

— Vous attendez quelqu'un, Bella?

Elle se retourna vers lui. Il avait une grosse tête carrée.

Une tête chauve et moite. Une tête de Prussien. Elle n'aimerait pas donner naissance à une tête pareille. La venue au monde de Norman n'avait pas dû être très agréable.

— Non, personne, répondit-elle. Personne en particulier.

Il l'observait avec ses yeux porcins. Glissant de haut en bas dans un mouvement rapide et fluide. Englobant les cheveux, la robe, l'espérance.

— J'espère que je ne vous importune pas, dit-il. Vous êtes si attirante dans cette magnifique robe rouge. J'espère que je ne vous dérange pas.

— Absolument pas.

— Vous n'avez pas de projet particulier pour ce soir ?

— Non, je tue le temps.

Le barman déposa leurs verres sur le comptoir. Norman fit glisser celui de Bella vers elle.

— Tuons-le ensemble.

— D'accord.

Elle piocha le citron dans son verre.

Il avait un costume marron et des hanches larges. Elle n'avait jamais aimé le marron. Elle aime les costumes noirs, les costumes bleu marine ou les costumes gris. Elle déteste les costumes marron. Il aurait pu porter un costume différent, mais il ne pouvait pas changer ses hanches. Ses hanches étaient si larges qu'il aurait pu avoir des enfants. De magnifiques hanches pour porter des enfants. Quand un homme possède des hanches aussi larges, vous pouvez être certain que c'est un homme qui réfléchit.

— Vous êtes en vacances ici ?

— J'y habite.

— Une habitante du cru, formidable ! Est-ce qu'on vous surnomme Bella de Brighton ?

Elle sourit. La gravité de son sourire.

— Pas encore.

— Je suis venu ici pour une conférence, dit-il. Un séminaire universitaire de psychologie clinique, mais je ne veux pas vous ennuyer avec tous ces détails affreux. C'est beaucoup trop rasoir. Vous êtes beaucoup trop jolie. Je refuse de vous ennuyer avec tous les détails.

Elle était en présence d'un intellectuel. Un homme qui évoluait dans le monde des idées. Un homme qui, à ses moments perdus, en plus de se caresser, caressait aussi les Grandes Idées.

Quand deux intellectuels couchent ensemble, ils ne se contentent pas de frotter leurs corps. Ils frottent aussi leurs esprits. Ils s'arrêtent, à mi-chemin de l'orgasme, pour réfléchir aux points les plus intéressants de la théorie économique de Friedman. Ils ont des cerveaux disproportionnés qui palpitent et vibrent d'intuitions passionnantes.

Elle était en présence d'un intellectuel, et quand elle entend le mot intellectuel, elle sort son pistolet.

— Etes-vous professeur, Norman ?

— Oui. (Il vida son verre d'un trait.) Une sorte de professeur.

— Qu'est-ce qu'une « sorte de professeur », Norman ?

— Quelqu'un qui aurait dû être professeur. Quelqu'un qui, sans les réductions budgétaires, aurait été professeur. Une « sorte de professeur », ma charmante indiscrète, c'est un professeur auquel il ne manque que le titre.

— Je vois.

Elle aurait pu laisser tomber. Elle avait touché un point sensible, elle le savait. Et ce n'était pas comme si ça avait de l'importance. Elle n'est pas snob pour ce genre de choses. Mais elle voulait être certaine de bien comprendre.

— Donc vous êtes professeur ?

Il semblait agacé.

— Je ne sais pas *vraiment* professeur. Je suis *presque* professeur.

— Donc vous n'êtes pas professeur.

— Si vous tenez à être précise, si vous tenez à être exacte, si vous tenez à être pédante, non, je ne suis *pas* professeur. Je suis maître-assistant, au sommet de l'échelle, et donc « virtuellement » professeur.

— Je l'ignorais, Norman.

— Maintenant vous le savez.

Elle téta la rondelle de citron.

— Je suis contente d'avoir éclairci ce point, Norman.

Il dévorait les olives les unes après les autres. Elles étaient grosses, noires et juteuses.

— Non merci, je n'en veux pas, dit-elle.

Sans nécessité aucune.

Le cendrier commençait à se remplir de noyaux.

— Et vous, quel est votre domaine? demanda-t-il entre deux olives.

— Je suis dans l'hygiène publique.

— Oh.

— Je désinfecte.

— Vous ne faites pas partie de ces femmes vêtues de bleus de travail qui roulent en camion-benne?

— Non, je travaille davantage au niveau exécutif.

Il parut soulagé.

— Vous voulez dire que vous prenez les décisions.

— Exactement. D'abord vous prenez une décision, et ensuite vous l'exécutez.

— Une sorte d'expert-conseil?

— Quelque chose comme ça.

— Ce doit être très astreignant.

— Ça l'est, Norman. Très astreignant, en effet.

Un jet d'huile s'échappa de sa bouche lorsqu'il avala la dernière olive.

— Ne me dites pas que vous aimez vous occuper des ordures. (Il essuya ses lèvres grasses avec son mouchoir.) Ça m'étonnerait.

— C'est curieux que vous me demandiez ça, Norman, parce que je crois que j'aime ça. Le problème, c'est que les gens finissent par s'habituer à la saleté, au point de l'oublier. Grave erreur. Très grosse erreur. Si vous laissez les déchets s'entasser, tôt ou tard ils vous envahissent. Si vous ne dominez pas les ordures, ce sont elles qui vous domineront.

— Vous semblez terriblement dévouée à votre tâche.

— Je le suis, Norman. Terriblement. A vrai dire, c'est davantage une vocation. J'ai été choisie pour nettoyer la pourriture.

— Une sorte de croisade solitaire?

— Une guerre sainte. (Elle but une gorgée.) Et je ne fais pas de prisonniers.

Ils rirent de la petite plaisanterie de Bella.

Il commanda une autre tournée en adressant un clin d'œil au barman. Il ignore que ça lui éclaircit les idées. Plus elle boit, mieux elle réfléchit.

Elle ne l'avait pas choisi. Elle ne l'avait pas sélectionné, elle ne l'avait pas marqué au front en disant : « Ce sera toi. » Elle ne l'avait pas élu contre son gré. Elle ne l'avait pas sorti du rang en lui plantant ses ongles entre les cuisses. Elle n'avait pas dit : « Manque de chance, vous portez du marron. »

Elle s'était simplement assise seule sur un tabouret en cuir, enveloppée dans sa robe d'un rouge intense. Et il était venu à elle. Il l'avait trouvée. Il avait dit : moi, moi ! Il faut que ce soit moi ! Comme un chien, comme un lemming, il était venu à elle. Il était venu avec sa tête carrée et ses hanches larges ; il s'était assis à ses côtés.

Rien ne le désignait forcément. Ça aurait pu être n'importe qui. N'importe lequel d'entre eux avec leurs portefeuilles gonflés, leur haleine sentant le whisky, et leur démarche de coq, d'animal en rut. Ça aurait pu être n'importe lequel de ceux qui, la voyant au bar, avaient failli tenter leur chance.

Elle aurait pris n'importe lequel d'entre eux, si seulement il avait demandé. Elle serait volontiers repartie avec n'importe lequel d'entre eux. Elle aurait donné à n'importe lequel d'entre eux tout ce qu'elle avait à donner. Mais c'était tombé sur lui. Il l'avait vue et il la désirait. Il allait l'avoir.

— Etes-vous marié, Norman ?

— Divorcé, Dieu soit loué.

— Je suppose que votre épouse ne vous comprenait pas.

— Elle ne me comprenait pas et elle s'en fichait. Une femme très froide. J'ai essayé de l'aider de mon mieux. J'ai essayé de l'encourager à s'améliorer. Pédagogiquement, j'entends. Ça n'a aucune importance, mais cela aurait renforcé son amour-propre. Je crois que son problème au départ, c'était le manque d'amour-propre.

— Vous avez certainement raison.

— Elle n'était pas bête. Je ne dis pas qu'elle était bête. Je ne l'aurais jamais épousée si j'avais pensé qu'elle était bête. Mais ce n'était pas ce qu'on pourrait appeler une femme extrêmement « perspicace ». Elle ne possédait pas ce qu'on appelle un « esprit » original. En fait, elle était superficielle. Intellectuellement. Je pensais qu'il fallait le lui dire, alors je le lui ai dit.

— Vous avez fait preuve d'une grande franchise, Norman.

— Hélas, elle a refusé de le reconnaître. Elle ne voulait pas admettre la vérité. Oh non, pas elle. Croyez-le si vous voulez, elle m'a traité de handicapé sentimental. Une femme très puérile. Une femme très puérile et méchante.

— Les femmes sont parfois si cruelles...

— Oh, je sais. Je sais. Mais j'éprouve de la pitié pour elle, plus qu'autre chose. C'est triste d'essayer d'aider quelqu'un qui ne vous est même pas reconnaissant. Elle m'accusait sans cesse de vouloir la miner, mais le hiatus de son argument, c'est qu'il n'y avait rien à miner.

— Le quoi... ?

— Pardon ?

— Le quoi de son argument ?

— Oh, le hiatus. Le trou.

— Un hiatus, c'est un trou ?

— Il paraît.

Elle le regarda d'un air ébahi.

— Très intéressant, Norman.

Elle l'écouta tandis qu'il continuait à parler. Elle savait écouter. Elle avait toujours très bien su écouter. Elle regardait ses lèvres former les mots, elle regardait les mots sortir de sa bouche. C'était un homme qui réfléchissait et utilisait un tas de mots. Un homme très verbeux.

— Je suis extrêmement difficile au sujet des femmes,

Bella. Je l'ai toujours été. Et je le serai toujours. Elles doivent posséder de profondes qualités humaines. J'estime que c'est la chose la plus importante en définitive. Leurs qualités humaines. Je place les femmes que j'aime sur un piédestal. Je les idolâtre. Je fais tout pour elles. Vous pouvez me trouver vieux jeu.

— Vous êtes vieux jeu, Norman.

Il serra sa main dans la sienne. Son estomac se souleva.

— Je sens que vous êtes une femme très attentionnée, Bella. C'est si rare de rencontrer une femme aussi attirante, qui soit également si attentionnée. Ça ne doit pas courir les rues.

— Non, je ne crois pas.

— C'est merveilleux de rencontrer une femme réellement chaleureuse, humaine et sensible.

La sueur de son crâne coulait le long de ses oreilles et gouttait de son menton. Le simple fait de le regarder lui rappelait combien elle avait chaud. Au point d'avoir des vertiges. La chaleur et la fumée lui piquaient les yeux. Si vous ne la connaissiez pas aussi bien, vous auriez pu croire qu'elle pleurait.

— Il fait chaud ici, dit-elle. Je ne supporte pas la chaleur.

— Et si on sortait? Il fait plus frais dehors.

— C'est trop bruyant. Je ne supporte pas le bruit.

Il lui caressa tendrement la joue.

— Vous êtes une femme hors du commun. Une femme chaleureuse, sensible et hors du commun. Je l'ai su dès que je vous ai vue. Vous pouvez me croire. Je m'y connais. Vous possédez des qualités humaines. De profondes qualités humaines. Je pourrais écrire un poème sur vos qualités humaines.

Il posa de nouveau sa main moite sur la sienne.

— Nous devrions monter dans ma chambre. En tout bien tout honneur. Nous pourrons sortir sur le balcon et contempler la mer. Partager un instant de communion et de calme au milieu du tumulte de la vie.

— Vous m'invitez à monter dans votre chambre?

Oh, imprudent Norman. Triple crétin.

— Nous avons beaucoup souffert, vous et moi. Nous avons souffert à cause de notre mollesse. Nous avons souffert à cause de notre gentillesse. J'ai envie de vous prendre dans mes bras et d'effacer toute la souffrance, mais je sais qu'il est encore trop tôt. Je n'exige rien de vous. Je vous demande simplement de monter avec moi dans ma chambre, et de rester près de moi sur le balcon. Rien d'autre.

Il lui lâcha la main.

— Vous en avez envie vous aussi, dit-il. Je le sais.

Elle avait la main moite. Elle avait envie d'essuyer la moiteur de Norman sur sa main. Elle se servirait d'un mouchoir en papier. Elle le roulerait en boule, et elle le jetterait dans son verre. Elle avait envie d'éponger la pellicule de sueur sur le front de Norman avec un essuie-tout double épaisseur. Elle avait envie d'essorer Norman comme une serpillière, et de le balancer dans la poubelle.

Il la regardait avec une intense dévotion.

— Rester côte à côte, bras dessus bras dessous...

— C'est très tentant, dit-elle.

Il la prit par le coude alors qu'elle descendait du tabouret. Le côté chevaleresque de Norman. Sa galanterie.

Les autres clients les regardèrent partir. Les représentants. Les délégués. Les gars loin de chez eux. Ils la regardaient avec un léger dégoût. On devinait aisément leurs pensées : on sait qui tu es. On sait ce que tu es, et ce que tu as à offrir. Mais pourquoi lui? N'importe lequel d'entre nous aurait pu prendre ce que tu as à offrir.

Elle les regardait d'un œil froid et indifférent. Elle passa devant eux en les regardant au fond des yeux. Vous avez de la chance, messieurs. Pourquoi lui? Ça aurait pu être l'un d'entre vous. N'importe lequel d'entre vous aurait pu avoir droit à la même chose que lui.

Vous avez de la chance, messieurs, croyez-moi. Vous ne savez pas ce que je suis, et vous n'aimeriez pas prendre ce que j'ai à offrir.

XII

Ils prirent l'ascenseur jusqu'au troisième étage. Il la précéda dans le couloir et s'arrêta devant la chambre 23. Il ouvrit la porte et s'écarta pour la laisser entrer la première. Il la suivit à l'intérieur. Elle sentait sa proximité dans le noir. Il abaissa un interrupteur.

— Que la lumière soit.

On comprenait pourquoi il était presque professeur.

Elle aimait bien cette chambre. Elle aimait son aspect anonyme. Ça aurait pu être n'importe quelle chambre. Dans n'importe quel hôtel. Ce n'était pas forcément la chambre 23 de l'hôtel Samara.

— Je vais enfiler quelque chose de plus confortable, dit-il en déboutonnant sa chemise.

La peau flasque de son cou retomba sur son col. Elle trouva que ça lui allait bien.

— Voulez-vous attendre sur le balcon pendant que je me change ?

Il se grattait furieusement à travers son tricot de corps.

Elle sortit par la porte-fenêtre ; il tira le rideau derrière elle. C'était un de ces petits balcons étroits ornés d'une balustrade décorative. On appelait ça des balcons Juliette. Elle contempla Palace Pier en face d'elle, avec ses lumières de couleur qui clignotaient dans le ciel noir. Les odeurs de barbe à papa, de hamburgers et de poulet frit flottaient jusqu'à ses narines.

La jetée s'avançait dans la mer, mais la mer demeurait invisible. On ne la voyait pas, on ne la sentait pas. C'est le problème à Brighton. C'est un des problèmes à Brighton. Cette ville est tellement imprégnée de sa propre odeur, que parfois on ne sent pas la mer, même quand on est assez près pour cracher dedans.

Elle entendit des voix approcher dans la rue. Des voix fortes, fières, éméchées. Des voix du genre « Virée-du-samedi-soir-avec-les-potes ».

— Hé, enfoiré, rends-moi ça!

— Va te faire foutre.

— C'est ma mère qui m'a acheté ces bottes.

— Je vois Crawley de la fenêtre de ma chambre.

— Saloperies de bonnes sœurs. Putain, je hais les bonnes sœurs.

— Jolie bagnole.

— Je me suis fait Risley. C'est du gâteau.

— Alors je lui ai dit : on peut faire ça de la manière douce, ou de la manière forte. J'aime les deux.

Ils sont cinq, et ils donnent cette curieuse impression d'être partout à la fois. Sautant par-dessus les poubelles, tambourinant sur les toits des voitures, marchant dans la rue avec les jambes écartées pour montrer que ce sont de grands gars courageux, et que Brighton leur appartient.

— On s'emmerde ici.

— Dommage qu'il y ait pas de Pakistanais.

— Elle a pas pu marcher pendant trois jours après ça.

Au moment où ils passaient sous le balcon, Bella éprouva pour la première fois de sa vie un profond désir de posséder un pénis. Elle songeait, en les regardant passer, que c'aurait été merveilleux d'avoir une quéquette. Car elle était incapable, physiquement incapable, de s'exprimer comme elle l'aurait souhaité.

Elle ne pouvait que s'imaginer debout sur le balcon en train de vider sa vessie. D'uriner sur les salopards qui passaient. Projeter une gracieuse parabole de pisse sur leurs têtes de brutes. Les inonder de ses eaux bénites, et leur souhaiter bonne chance en leur disant au revoir de la main.

Elle poussa un soupir et rentra dans la chambre obscure, refermant les rideaux derrière elle. Cesse donc de ronchonner, se dit-elle. Regarde le bon côté des choses. Contente-toi de ce que tu as. (Les sermons simples l'avaient toujours soutenue.)

Une lampe de chevet s'alluma.

Il possédait le torse le plus lisse qu'elle eût jamais vu chez un homme fait. Son corps offrait un aspect plumé, ciré et défolié, comme s'il ne restait plus qu'à l'arroser de beurre fondu et à le mettre dans le four, thermostat 6, avec une pomme dans la bouche.

Elle avait lu un jour un article sur le cannibalisme. Deux mille mots dans un magazine sérieux sur les habitudes culinaires des Papous de Nouvelle-Guinée. Deux mille mots sur leurs motivations réelles. Le mystère caché derrière les saletés barbares qu'ils laissaient sur les nappes.

Le but de tout ça n'est pas, semble-t-il, de dévorer l'ennemi. Le but n'est pas de mordre à pleines dents dans ses meilleurs morceaux, de le mâcher accompagné de pommes de terre en robe des champs, puis de roter discrètement et de lècher ses lèvres grasses.

Le véritable but du cannibalisme, son essence même, n'est pas de manger son ennemi, mais de chercher tranquillement un endroit protégé, puis de s'accroupir dans l'herbe pour excréter cet ennemi.

Elle discernait une certaine logique là-dedans. Une certaine salubrité organique, biodégradable, sans additifs, dans cette espèce de régime de base. C'était une manière d'accéder à l'autarcie, une manière de se détacher de la culture coloniale. Une sorte d'approche parcimonieuse de ceux que vous n'aviez sans doute jamais beaucoup aimés de toute façon.

Mais bien que séduite superficiellement par l'idée de Norman consommé, digéré et transformé en merdes délicatement fumantes, Bella avait toujours été très difficile pour la nourriture. Ses repas avaient toujours été marqués par le raffinement. Même Bella a ses limites. Laissons les chiens mourir en paix. Elle pouvait les frapper, jamais elle ne pourrait les manger.

Elle le regardait se déplacer dans la chambre. Il n'arrêtait pas de se taper sur la poitrine, comme un lutteur de sumo, projetant des gouttelettes de sueur dorée. Sa peau rose et marbrée s'étirait comme de la saucisse sur des monticules de chair hachée. A peine quelques poils sous les bras. Seules quelques touffes brunes autour des tétons rivalisaient avec le buisson plus sombre qui entourait ses parties génitales, aussi petites fussent-elles. A vrai dire, son absence de gêne était extraordinaire, vu ce dont on l'avait doté. Elle avait toujours pensé que quelques saines inhibitions ne faisaient pas de mal.

La nonchalance avec laquelle cette poitrine généreuse reposait sur ce ventre gonflé l'apaisa momentanément. Elle aurait tué pour avoir la même paire de seins. Quand il se retourna pour vérifier qu'il avait fermé la porte à clé, elle découvrit la toundra blanche de ses fesses, et elle faillit pleurer sur le sort des femmes.

Puis quelque chose se produisit en elle. Une chose si épouvantable et si monstrueuse qu'elle se la rappellerait toujours, même plus tard, avec incrédulité et une envie de vomir.

Remplie de remords éternels et d'une honte impérissable, elle commença à ressentir les premiers tiraillements du désir, un soupçon de passion enflammée. Car elle aussi elle avait des envies. Elle aussi avait des pulsions. Elle aussi avait des désirs lubriques qui exigeaient d'être assouvis.

Mais pourquoi lui ? demanda-t-elle à ses lèvres traîtresses, tandis que l'amas luisant roulait vers elle. Pourquoi lui, espèces de feignantes libidineuses ?

Et pourquoi pas ? lui répondit-on avec un léger agacement.

Et c'est ainsi que Bella, qui s'était retenue pendant si longtemps, qui avait délibérément renoncé à tant de choses, baissa sa culotte et s'allongea à plat ventre sur le lit. Elle releva sa robe, ferma les yeux et attendit, salivant malgré elle dans l'attente de l'entrée titubante de Norman.

Deux mains dodues saisirent ses hanches. Des cuisses grasses écartèrent ses jambes. Quelque chose de moite et spongieux appuya contre ses parties génitales. Il se frotta de haut en bas. Il frotta avec des mouvements circulaires. Il gémit et grogna. Il jura et pria. Rien à faire. Elle avait l'impression que ses régions inférieures béantes étaient parcourues par les errances d'un escargot ivre.

— Voilà, ça vient, disait-il d'un ton cajoleur. Ça y est presque, Percy. Gentil. Tout doux. Allez, vas-y, Percy.

Mais Percy demeurait dans son état de limace. Il s'en fichait. Il s'en foutait. Il n'en avait rien à faire. Il refusait de se laisser intimider, il refusait de se laisser corrompre. Percy demeurait indifférent.

Les minutes passaient.

Bella attendait. Bella était patiente. Bella comprenait.

Et puis, alors que l'ennui commençait à l'envahir, alors qu'elle s'apprêtait à appeler le service d'étage pour commander une bonne tasse de chocolat, elle sentit Percy s'insinuer dans sa fente. Son nouvel habitat semblait lui plaire, car il commença — lentement mais indéniablement — à grandir. La limace se transforma peu à peu en reptile. Le souffle de Norman jaillit de ses lèvres dans un sanglot de gratitude.

— Oui, oui. Comme ça. Oh, mon Dieu. Oh, Percy. Encore un peu plus. Rien qu'un peu. Tu y es presque. Oui, oui. Presque. Tu peux y arriver. Oui, oui... Oh, non. Non, Percy. Ne pars pas. Pas maintenant. Attends. Non, non...

Mais le pénis de Norman était un mauvais coucheur. Un pénis singulièrement borné et têtu. Il se contentait de reposer dans la fente et d'observer les opérations à travers son œil bridé et fixe. Et Norman, en homme d'action qu'il était, recommença à se frotter de plus belle contre elle.

Bella regarda la couette à motifs en fronçant les sourcils. Que diable se passait-il là-bas derrière ? Quelle perversion dégoûtante essayait-il d'accomplir entre ses fesses renfrognées ? Elle pencha la tête et regarda entre ses cuisses. Tout ce qu'elle voyait c'était son scrotum fripé, son petit sachet de gâteries qui balançait d'un air hébété. Norman grogna lorsque Percy reprit ses explorations. C'était hors de question.

— Non, pas là, salaud. Dans le hiatus !

Peut-être fut-ce le ton brutal de Bella, peut-être fut-ce sa propre lassitude du monde, son sentiment d'aliénation cosmique. Toujours est-il que Percy se ratatina, Percy rétrécit, Percy abandonna la partie.

Elle sentit la chose se retirer, molle et moite comme un suppositoire fondu. Elle entendit Norman se reculer, elle se releva et massa sa nuque endolorie. Merci beaucoup, Norman. C'était très instructif. Si les photographes font ça dans le noir, si les surfeurs font ça debout, apparemment les universitaires ne le font pas du tout.

Elle se retourna pour le regarder, sans pouvoir s'empêcher de poser les yeux sur l'objet coupable. Percy pendait tranquillement. Il n'était pas en érection. Mais il n'était pas non plus totalement mou. Il semblait en proie aux affres d'une profonde crise d'identité, perdu, hébété, ne sachant s'il devait aller vers le sud ou vers le nord. Ni chair ni poisson, ni raide ni flasque, ni l'un ni l'autre. Un électeur indécis du monde pénien.

— Je suis désolé, dit-il. Sincèrement.

Elle secoua la tête avec regret.

— Mieux vaut avoir essayé et échoué que de ne pas avoir essayé du tout, dit-elle. Je suppose.

Norman tenait l'objet offensant et offensif entre le pouce et l'index. Il avait l'air malheureux. Norman avait besoin d'être réconforté. Norman s'attendait à être réconforté. Norman était certain d'être réconforté.

— En fait... commença-t-il.

— Oui, Norman ?

Son grand sourire de petit maître assistant grassouillet était à moitié honteux, à moitié fanfaron.

— Le fait de ne pas avoir d'érection n'est pas très important, en réalité.

— Qui dit ça ?

— Mon psy.

— Mais lui il peut, pas vrai ?

Il y a une certaine étiquette à observer en de telles circonstances. Un certain protocole. Certaines paroles de réconfort mutuel qu'on échange amoureusement en mentant afin de soulager la fierté blessée et de reconstruire les egos brisés. Cette diplomatie post-ramollissement qui est la guerre du sexe continuée par d'autres moyens.

Il ne doit pas laisser entendre qu'il ne l'a pas trouvée attirante, et n'a donc pas pu s'acquiter de sa tâche. Et elle ne doit pas suggérer qu'il préfère peut-être s'en tenir à la masturbation.

Voilà les règles. Ce ne sont pas des règles arbitraires. Ce ne sont pas des règles dues au hasard. Elles trouvent leur origine dans ce que chacun redoute le plus, la chose la plus destructrice qu'un homme puisse subir de la part d'une femme, ou l'inverse.

Il redoute ses sarcasmes. Elle redoute sa fureur. Elle pourrait se moquer de lui. Il pourrait la tuer.

Il n'y a pas d'équilibre dans la peur. Il n'y a pas d'équilibre dans la terreur. La justice réclame un équilibre. L'équilibre réclame Bella.

Aussi, quand elle fut incapable de maîtriser plus longtemps le mouvement convulsif de sa bouche, quand elle rejeta la tête en arrière en partant d'un éclat de rire si tonitruant qu'il sembla ébranler les murs, Norman eut un mouvement de recul, choqué et horrifié, comme s'il se trouvait face à une folle hérétique qui venait de nier la nature divine de Jehovah.

Elle se laissa tomber à genoux ; des éclats, des torrents de rire incontrôlables et interminables jaillissaient de sa gorge. Elle se tenait les côtes et se balançait d'avant en arrière, des larmes de joie coulaient sur ses joues. Elle riait, et son rire était un péché terrible. C'était un rire de pécheresse.

Il ne faut jamais rire. Quoi qu'ils fassent, ne riez pas. Quoi qu'ils ne fassent pas, ne riez pas. Et surtout, ne riez jamais quand vous êtes dans une chambre d'hôtel avec un inconnu. Même un inconnu cultivé, avec de petits pieds et des hanches larges. Quoi que vous fassiez, ne riez pas.

A moins d'être Bella.

Si vous êtes Bella, vous pouvez briser toutes les règles. Si vous êtes Bella, si l'adrénaline circule dans vos veines, vous pouvez rejeter la tête en arrière et désigner d'un doigt moqueur le dieu phallique déconfit.

Mais seulement si vous êtes Bella, si vous êtes Bella la folle et la mauvaise, et si un feu intérieur vous consume.

XIII

Quand le talon de la chaussure qu'il tenait à la main s'écrasa sur sa bouche, elle alla dinguer sur la moquette. C'était une de ces grosses chaussures en cuir très chères qu'affectionne un individu qui n'est pas tout à fait professeur. Bella porta sa main à son visage et palpa sa lèvre fendue. Il a fait couler le sang. Sa lèvre saigne.

Et pourquoi pas ? Est-ce qu'une Bella ne saigne pas ?

Elle lève les yeux vers lui et se demande s'il va la tuer maintenant. Peu lui importe. Elle sait qu'un jour quelqu'un la tuera. Elle sait qu'un jour quelqu'un devra la tuer. Elle est prête, elle s'y attend, elle peut faire face.

Mais pas maintenant. Ce n'est pas l'heure. Ce n'est pas l'endroit. Norman n'est pas l'homme qui convient. Un Norman ne pourrait jamais tuer une Bella.

Elle lui sourit. Son sourire lénifiant. Elle sourit et plisse les yeux avec sincérité. Elle doit apaiser Norman. Elle doit calmer Norman. Elle doit éduquer Norman, avant de pouvoir le châtrer.

Elle lui tendit la main et il l'aida à se relever.

— Je suis désolée, dit-elle. Sincèrement.

La contrition de Bella. Quel cœur ne fondrait pas ?

Il l'attire contre lui, lui tord les bras dans le dos et plaque sa bouche, sa bouche molle en bouton de rose, sa bouche humide, sa bouche de femme, contre la sienne. Elle eut un haut-le-cœur, mais il la tint fermement et mâchonna sa langue jusqu'à ce qu'ils aient tous les deux le goût du sel dans la bouche. Il colla sa bouche dans sa nuque, son aine contre son ventre, et chuchota dans son oreille. Un souffle chaud et humide dans son oreille.

— Il fallait que je te donne une leçon. Agir vaut mieux que parler. Qui aime bien châtie bien. Tu vois ce que je veux dire.

— Oui, je vois.

La sueur ruisselait de tout son corps. De son cou et son menton, sa poitrine, son ventre, et de l'arrière de ses cuisses. Comment un homme sans poils peut-il transpirer autant ? Est-ce normal ? Norman est-il normal ?

S'il avait pu récupérer sa sueur, s'il avait pu la distiller, la mettre en bouteille et la vendre comme vin de table, il aurait fait fortune. A chaque génération, il ne naît qu'un seul homme capable de transpirer comme Norman, aussi abondamment, aussi égoïstement.

Il fallait lui reconnaître ce mérite. Il savait transpirer.

Ils avaient tous les deux commis une erreur ce soir. Elle avait commis l'erreur de se moquer de lui. De rire trop fort et trop longtemps. Il avait commis l'erreur de ne pas la tuer pour cette raison.

Car il n'est plus possible de persécuter Bella. Vous ne pouvez plus la faire rentrer sous terre. Il faut la tuer, ou la laisser en paix. La frapper au visage et lui fendre la lèvre ne suffit pas. Eliminez-la ou laissez-la en paix.

Mais ne lui faites pas mal. Ne la faites pas souffrir. Ne lui donnez pas des maux de tête ou des douleurs à la mâchoire. Ne l'envoyez pas dinguer sur la moquette en la frappant avec le talon de votre chaussure, pour ensuite lui mordre la langue en croyant qu'elle vous appartient.

Achevez-la simplement, si vous le pouvez. Elle s'en fiche. Elle comprendra. Elle vous aidera même, si vous lui plaisez, toujours prête à rendre service.

Il dit : Je n'aurais pas dû te frapper. Je ne frappe jamais les femmes, à moins qu'elles le méritent, et tu le méritais. Tu m'as provoqué, alors je t'ai frappée. Il faut être juste. C'est toi qui m'y as forcé. C'est ta faute. Je crois en la communication. J'aime communiquer. Je communique tous les jours. Je crois qu'on peut tout arranger en parlant. Je méprise la violence. La violence est méprisable. Tu m'as fait faire une chose que je méprise. Je vais devoir te frapper encore une fois, à cause de ce que tu m'as fait faire.

Il la frappa de nouveau sur sa lèvre fendue, et la plaie s'agrandit.

Elle dit : Je t'ai poussé à faire ça. C'est ma faute. Je suis coupable. Je t'ai provoqué. Je l'ai mérité. Je t'ai fait faire une chose que tu méprises.

Il dit : On commence à communiquer.

Elle dit : Je t'ai fait du mal. Je t'ai blessé. Je veux me faire pardonner.

Il dit : Joue à un jeu avec moi. Je te pardonnerai si tu joues à un jeu avec moi.

Elle dit : Quel jeu?

Il dit : Le jeu de l'esclave.

Elle regarda ses yeux porcins s'enfoncer dans son visage porcin.

Elle dit : Je veux bien jouer à tous les jeux, sauf celui-ci. Je n'aime pas ce jeu.

Il dit : Tu as dit que tu voulais te faire pardonner.

Elle dit : Je l'ai dit et je le ferai. N'importe comment, mais pas comme ça. Je n'aime pas qu'on m'attache. Ce n'est pas ma tasse de thé.

Il dit : Je ne veux pas t'attacher. Je suis un homme instruit. Je veux que *toi* tu m'attaches.

Elle dit : Tu es sérieux?

Il dit : Parfaitement.

Elle dit : Je crois qu'on commence à communiquer.

Il alla chercher la chaise dans le coin pour la placer au centre de la chambre. Une chaise en dralon vert avec un grand dossier en bois. On aurait dit une chaise de salle à manger. Il s'assit sur la chaise de salle à manger en dralon vert et croisa les bras.

Elle ôta sa ceinture en cuir des passants de son pantalon. Le cuir de sa ceinture était presque d'aussi bonne qualité que le cuir de ses souliers. C'était un cuir très souple, le genre de cuir qui se plie à vos désirs pour ligoter les hommes instruits.

Il passa ses bras derrière le haut dossier en bois de la chaise et croisa les poignets. L'attente faisait couler la sueur dans son dos. Elle se pencha pour attacher la ceinture autour de ses poignets.

— Plus fort, ordonna-t-il.

Elle fit un tour de plus avec la ceinture et serra jusqu'à lui arracher un hoquet.

— Merci, maîtresse.

Elle revint se placer devant lui. Il la dévisageait avec adoration. Il l'idolâtrait. Il se serait jeté à genoux pour lui baiser les pieds si elle ne l'avait pas ligoté si fermement à la chaise. Son excitation monta jusqu'à ce qu'il entre en érection. Et alors qu'elle le regardait, sans rien dire, son excitation prit des proportions gigantesques.

— Norman, dit-elle, tu es énorme.

— Je sais, gémit-il. Je sais. Faites quelque chose, maîtresse. Je vous en prie, faites quelque chose. Faites quelque chose rapidement.

— Suis-je pardonnée, Norman ?

— Oui, maîtresse.

— Tu me donnes l'absolution ?

— Oui, maîtresse.

— Je vais te bâillonner, Norman.

— S'il vous plaît, murmura-t-il, oh, s'il vous plaît...

Ses yeux se révulsèrent. Norman était dans un état d'exaltation remarquable.

Elle ramassa par terre sa chemise en polyester blanc cassé.

— Tu as été un vilain garçon, Norman.

— Je sais, je sais ! Norman a été un très vilain garçon.

— Que dois-je faire, Norman ?

— Punissez-moi, maîtresse. Apprenez-moi à ne pas être un vilain garçon.

— Tu es sûr, Norman ?

— Punissez-moi ! Punissez-moi !

Il tirait sur ses liens avec frénésie. Elle s'aperçut que Norman et Percy étaient l'un comme l'autre au comble de l'émotion.

— Très bien, Norman, je vais donc te punir...

— Merci, maîtresse...

— ... Mais je dois d'abord aller aux toilettes. J'en ai pour une minute.

Il émit un grognement.

— Revenez vite, haleta-t-il. Je ne pourrai pas attendre éternellement.

Elle jeta un coup d'œil à la masse de gelée tremblotante sur la chaise.

— Tu n'attendras pas, Norman.

Dans la salle de bains, elle ôta le bonnet de douche de son emballage en plastique et remplit le sac d'eau glacée au robinet d'eau froide. Puis elle tira la chasse d'eau, par habitude, avant de se laver les mains, car ces appareils sont toujours pleins de microbes.

Elle revint dans la chambre et se plaça derrière lui. Sa chemise était posée sur son bras, dans le style serveur. Penchée au-dessus de son épaule, elle renversa l'eau glacée contenue dans le sac en plastique sur l'énormité de Norman.

— Voilà pour t'apprendre à ne plus être un vilain garçon, dit-elle. Maintenant je vais t'apprendre à ne pas fréquenter des inconnues.

Elle plaqua sa chemise sur sa bouche grande ouverte et la noua par les manches.

— Mais avant ça, dit-elle, avant ça je vais te dire quelque chose. Je veux te dire quelque chose, Norman, et je veux que tu m'écoutes.

Elle ôta d'une pichenette une peluche sur la manche de sa robe.

— Tu me dégoûtes, Norman. Je le pense sincèrement. Le moindre aspect de ta personnalité me dégoûte. Tout ton corps me dégoûte. Ton comportement me dégoûte. Ton arrogance me dégoûte. Ta bêtise me dégoûte. Ton contact me dégoûte. Et ta sueur me dégoûte. En un mot, je te trouve dégoûtant.

Elle se pencha pour vérifier que le bâillon tenait bon.

— Je vais te tuer, Norman. Je ne voulais pas te le dire, mais je pense que tu as le droit de savoir. Tu vas mourir, Norman. Tu vas mourir d'ici peu. Dans cette chambre. De ma main. Tu vas connaître la mort que tu mérites. Ce sera un mauvais moment à passer pour toi et moi, mais il faut être courageux.

Son cou s'empourpra tandis qu'il essayait désespérément de briser les liens qu'il lui avait demandé de serrer si fort.

— Mais surtout, ne va pas croire que je t'en veux personnellement. Tu ne vas pas mourir parce que tu es ce que tu es. Tu ne vas même pas mourir parce que tu me dégoûtes. Si je tuais tous ceux qui me dégoûtent, il ne resterait plus beaucoup de monde. Ce que j'aimerais te faire comprendre, Norman, avant de t'expédier vers ton ultime sabbat, c'est que tu vas mourir par manque de chance. Tu n'as pas de chance, car les règles ont changé, et personne ne t'a prévenu.

Hélas, pauvre Norman. Le problème avec les universitaires, c'est qu'ils sont trop habitués à leurs petits dîners intimes dans les bistrots où ils partagent l'addition en deux, avant de se faire faire une fellation gratuitement; ils en oublient que dans le monde réel il faut payer. Dans le monde réel, où les femmes réelles essaient de vous vendre la seule marchandise qu'elles possèdent, il faut toujours payer.

— Rien ne te désignait forcément, Norman. Ça aurait pu être un autre. Mais tu l'as cherché. Tu m'as amenée ici. Tu m'as fait monter dans ta chambre. Tu n'aurais pas dû faire ça, Norman. Tu n'aurais pas dû me laisser passer devant toi pour entrer dans ta chambre. Ta maman aurait dû te mettre en garde, Norman. Elle aurait dû te dire de ne jamais prendre de risques.

« ... Tu as pris un risque, Norman. Tu as pris un risque et tu m'as frappée avec ta chaussure. Tu m'as fait souffrir, Norman. Tu m'as frappée sur la bouche et tu m'as fait souffrir. Je n'aime pas la souffrance. J'ai un seuil de tolérance à la souffrance très bas. La souffrance n'est pas une chose que je recherche dans la vie. J'essaie de l'éviter. Et maintenant tu vas payer pour ma souffrance.

« Tu vas payer pour la souffrance que tu m'as causée, et tu vas payer pour toute la souffrance que tu as causée dans ta vie.

« Non, ne pleure pas, Norman. Je veux que tu prennes ça avec philosophie. Nous mourons tous. Tôt ou tard, la mort nous emporte. Tu pars juste un peu plus tôt. »

Des veines se gonflèrent dans son cou et sur ses épaules. Elles se frayèrent un passage à travers la graisse et les tendons pour éclater à la surface de sa peau. Des muscles depuis longtemps oubliés se bandèrent dans une ultime et vaine tentative pour se libérer de la ceinture qui le retenait prisonnier.

— Sois courageux, Norman. Et ne te sens pas abandonné. Ne pense pas que tu es le seul. Tu n'es pas le premier, et tu ne seras pas le dernier.

Elle fit tomber les dernières gouttes du sac en plastique et le lui enfonça sur la tête, en prenant soin de ne pas le déchirer et de bien couvrir tous les orifices. Puis elle vint se placer devant lui; certaines personnes se sentent menacées quand vous vous tenez dans leur dos.

— Tu as déjà entendu parler des préludes, dit-elle. Ceci s'appelle un épilogue.

Norman avait sans doute fait de la natation dans sa jeunesse. La natation avait certainement développé ses poumons. Ses poumons étaient en réalité de grands poumons qui avaient besoin d'aspirer beaucoup d'air. Une minute à peine s'écoula avant que le sac ne commence à s'embuer. Son visage prit une teinte bleutée. Ou bien pourpre. Difficile à dire à travers le plastique embué.

Une jambe potelée se tendit vers elle. La grâce sous la contrainte ne faisait pas partie de ses qualités. Elle craignait que le bruit sourd de la chute de Norman et de la chaise ne fasse accourir les gens, mais personne ne vint. C'était un hôtel après tout, et on y était habitué aux hommes d'affaires et à leur comportement.

Un gargouillis semblable à un bruit de tuyauterie s'échappa de son corps et une puanteur familière emplit la chambre. Bella plissa le nez. Visiblement, il n'avait pas des sphincters rétenteurs. La femme de chambre ne serait pas contente.

Elle s'agenouilla sur la moquette. Le plastique collait au visage de Norman comme une seconde peau. Il était rentré dans sa bouche sciée par le bâillon. Il s'accrochait comme du film alimentaire à ses yeux exorbités. Regardant de plus près, elle constata qu'il avait un œil marron et l'autre vert. C'est rare, songea-t-elle. Un coassement monta de sa gorge, puis Norman s'éteignit. Il avait transpiré. Il avait expiré.

Malgré sa lèvre gonflée, Bella sentait qu'elle devait prononcer quelques mots devant ce corps inanimé. La politesse l'exigeait.

Elle tapota le sommet de son crâne emplastiqué.

— Salut, mon vieux.

XIV

Elle ne dormit pas beaucoup dans la nuit de samedi. Le sommeil ne se glissa pas furtivement en elle pour l'emporter. Elle resta allongée dans le noir, les yeux grands ouverts. Déshabillée, dévêtue, bien calée entre les draps, le sommeil lui échappa dans la nuit de samedi.

Pauvre Norman. Elle lui avait réglé son compte. Elle lui avait fait son affaire. Elle l'avait envoyé au diable prématurément. Les articles qu'il avait écrits, les devoirs qu'il avait notés, les commissions qu'il avait honorées de sa présence, les lettres qu'il avait signées, les livres qui étaient en lui, la gloire qui était devant lui. Tout cela n'existait plus. Pauvre Norman.

Mais vraiment, il n'aurait jamais dû la frapper. Il n'aurait jamais dû la frapper sur la bouche. Il n'aurait jamais dû la faire saigner, car comme beaucoup de femmes, elle ne supporte pas la vue de son propre sang.

Il n'aurait jamais dû la frapper si fort sur la bouche. Il n'aurait jamais dû fendre sa lèvre rose. Il ne l'avait pas frappée parce qu'elle riait, mais parce qu'elle était plus faible, et qu'elle avait osé rire malgré tout. Quand vous pensez que quelqu'un est plus faible, vous pouvez lui fendre la lèvre. Si vous pensez qu'il est plus fort, vous riez avec lui.

Il croyait avoir pris sa mesure. Il croyait — cet intellectuel, cet homme cultivé, cet amoureux des livres — il croyait l'avoir vaincue d'une tape, comme on écrase une puce. Faites confiance à Norman pour passer à côté de la plaque. L'idiot instruit. Le crétin cultivé. Le docte imbécile qui avait foncé dans le panneau. Faites confiance à Norman pour ne pas avoir compris qui elle était.

Peut-être avait-elle réagi d'une manière excessive. Mais, encore une fois, peut-être que non. Le châtiment avait été requis. Elle s'était montrée cruelle par gentillesse. Elle lui avait enseigné une leçon inestimable : celui qui vit par le poing périra par le sac en plastique.

Malgré tout, Bella se sentait mal à l'aise. Bella était perturbée. Sa dent la perturbait. Quand sa langue frôlait la dent, la douleur lui tailladait la joue. Quand elle bougeait la tête, la douleur lui transperçait la mâchoire. Quand elle ouvrait la bouche, la douleur se glissait à l'intérieur. Quand elle fermait la bouche, la douleur s'installait.

Il lui avait causé une énorme souffrance. Si elle avait su combien il la ferait souffrir, l'empêchant de dormir cette nuit, elle aurait fait durer le plaisir un peu plus longtemps.

Elle était trop gentille. Elle était tout simplement trop gentille. La gentillesse avait toujours causé sa perte. Quand vous êtes gentil, les gens profitent de vous. Ils vous frappent sur la bouche avec le talon de leur chaussure. Ils pensent qu'il ne leur arrivera rien, car ils savent que vous êtes gentille.

De nombreuses difficultés à travers le monde viennent des gens gentils. S'ils n'étaient pas si gentils, personne ne les frapperait. Et si personne ne les frappait, ils ne se vengeraient pas. Ce serait une bonne chose, car lorsqu'une personne gentille se venge, elle frappe fort.

C'est comme la force de dissuasion nucléaire. S'ils savent que vous pouvez leur envoyer la bombe, ils ne vous bombarderont pas les premiers. Mais si vous ne la montrez pas, ils ne peuvent pas le savoir. Alors si vous l'avez, n'hésitez pas à l'exhiber.

Logiquement, elle devrait porter un badge disant : Cette femme est violente. Si on l'attaque, elle se venge.

Mais qui la croirait ? On la prendrait pour une cinglée, ce qu'elle n'est pas. Ou du moins pour une exhibitionniste, ce qu'elle pourrait être. Ou alors une provocatrice, ce qu'elle est devenue. On l'arrêterait pour atteinte à l'ordre public. On lui infligerait une amende pour port d'arme. On l'enverrait en prison pour provocation.

C'est ce qu'on appelle un dilemme, et elle se retrouvait empalée sur ses cornes. Elle doit leur faire savoir qu'elle ripostera. Ce n'est que justice, et elle aime être juste.

Elle doit leur faire comprendre qu'elle tranchera la main qui lui fera du mal. Elle brûlera leur maison, elle démolira leur voiture, elle mettra fin à leur existence. Elle leur frottera le visage dans leurs excréments et repartira d'une démarche joyeuse.

Hélas, elle ne peut pas le leur dire. Le leur dire c'est les mettre en garde, et les mettre en garde c'est leur donner une arme. Voilà son dilemme. C'est le dilemme d'une Bella couchée dans son lit et qui essaie de trouver le sommeil, post-Timothy, post-Norman, pas tout à fait post-coïtus, avec sa dent qui l'élance, et sa mâchoire qui lui fait mal.

Mais après tout, quel mal y a-t-il à se venger ? Où est le gros cas de conscience ? Pourquoi devrait-elle se retenir ? Quel mal y a-t-il à frapper de manière préventive de temps à autre ? Si vous êtes seule, et s'ils sont trop nombreux, parfois vous ne pouvez pas vous contenter de vous venger. Parfois, vous devez prendre l'initiative.

Elle avait eu de la chance avec Norman. Elle sait qu'elle a eu de la chance avec Norman. Il aurait pu lui faire très mal, si cela avait été dans sa nature. Norman aurait pu l'anéantir s'il y avait songé. Il aurait pu la pulvériser, l'exterminer, l'éliminer, s'il avait été assez intelligent. Elle avait eu beaucoup de chance avec Norman.

Voilà le problème fondamental quand vous vous appelez Bella. Vous n'avez guère le choix. Vous ne pouvez pas les laisser approcher trop près. S'ils approchent trop près, vous n'avez aucune chance. S'ils approchent trop près, vous êtes perdue. Son erreur avec Norman fut de le laisser approcher trop près.

Elle resta couchée les yeux ouverts toute la nuit.

Elle marchait sur la corde raide. Elle mettait un pied devant l'autre, les bras écartés, avançant en titubant sur un fil de fer très fin.

Elle ne regarde pas en bas. Si elle regarde en bas, elle tombera. Elle s'apercevra qu'il n'y a pas de filet de sécurité, et elle perdra foi. Elle basculera de son fil et tombera à pic. Elle s'apercevra qu'il n'y a pas de filet, elle perdra son calme et plongera vers le sol. Elle tombera en sifflant, la bouche écartelée par l'air cinglant, et tout en bas, les petits personnages la regarderont tomber avec de grands sourires. Ils jubileront de la voir tomber, prêts à se précipiter pour la ramasser à la petite cuillère.

Elle ne doit pas perdre son équilibre. Elle ne doit pas se laisser emporter par une rafale de vent soudaine. Elle ne doit pas se laisser griser par la hauteur. Elle doit continuer à penser qu'elle peut atteindre l'autre côté. Elle doit simplement conserver son équilibre, conserver toute sa tête, et conserver la foi.

Elle resta couchée les yeux ouverts toute la nuit, et elle était toujours réveillée, toujours perturbée, souffrant toujours, quand l'aube glissa son doigt sale dans la chambre.

Il lui fallut un long moment pour trouver un dentiste. Il lui fallut un moment pour en trouver un qui accepte de la recevoir un dimanche. Il y a cinq pages de chirurgiens-dentistes dans les pages jaunes de Brighton, et il lui fallut des heures pour parcourir laborieusement toute la liste. La plupart de ses appels demeurèrent sans réponse. On ne peut pas vraiment leur en vouloir. Même un soigneur de dents a droit à un jour de repos. Même un arracheur de dents peut passer une journée avec les siens, s'il en a.

Elle passa des heures au téléphone, laissant sonner,

jusqu'à ce que des messages enregistrés interrompent la sonnerie pour lui demander de rappeler lundi. Elle aurait pu essayer l'hôpital et permettre à un jeune boutonneux de pénétrer dans sa bouche. Mais quand il s'agit de ses dents, elle préfère un homme plus âgé.

Il était trois heures passées quand elle joignit enfin un dentiste à Kemp Town. Il s'appelait Reginald Mire, et son cabinet donnait de biais sur la Marina.

— A vrai dire, je n'aurais pas dû accepter de vous recevoir, dit-il.

Ses bras bronzés et velus dépassaient de sa chemise indienne à manches courtes.

— Je vous suis extrêmement reconnaissante.

— J'étais juste venu vérifier les comptes, ajouta-t-il.

— Je souffre tellement.

— La souffrance fortifie l'âme.

— Je vois ce que vous voulez dire, répondit-elle en s'asseyant dans le fauteuil noir rembourré.

Elle balança ses pieds sur le repose-pieds. Il fit monter le fauteuil, puis il le renversa jusqu'à ce qu'elle ait les pieds plus hauts que la tête. Ces fauteuils devraient être interdits.

— Où est votre assistante?

— C'est dimanche aujourd'hui.

Il tripotait un plateau rempli d'instruments.

— Nursey ne vient pas le dimanche.

Il noua un masque chirurgical devant sa bouche et enfila des gants en caoutchouc. Les sondes étaient disposées de gauche à droite par ordre de grandeur.

— Vous êtes une sacrée petite bonne femme, murmura-t-il, pour me faire travailler le dimanche.

Elle n'aime pas les dentistes. Elle n'aime pas leur attitude. On dirait toujours qu'ils ont un problème d'attitude. Le même problème d'attitude.

Il s'empara d'une sonde de taille moyenne et l'approcha de son visage. Ses yeux semblaient miroiter au-dessus de son masque, mais c'était peut-être la lumière.

Elle ouvrit la bouche sans qu'il le lui demande et le

laissa appuyer sur ses gencives et tapoter ses dents. Elle essayait de ne pas tressaillir quand il lui faisait mal. Il fronçait les sourcils quand elle tressaillait, et elle ne voulait pas lui faire froncer les sourcils quand il avait la main dans sa bouche.

Il plongea la sonde en métal dans la cavité de sa dent et un petit grognement désapprobateur monta de sa gorge.

— Ça ne vous fait pas mal, si ? Ça m'étonnerait.

Il fit aller et venir la sonde, creusant une cavité de plus en plus large.

— Oui, aucun doute, dit-il. Vous avez un trou. Ça oui. Ma parole, vous vous êtes fait amocher, on dirait ? Ah, vous les femmes. Quand ce n'est pas ça, c'est autre chose.

Il reposa la sonde dans le plateau.

— Vous avez une dent ébréchée. (Il examina les dégâts à travers ses lunettes demi-lune.) Comment est-ce arrivé ?

— On m'a frappée.

— Ce n'est pas très gentil. J'espère que vous avez riposté.

Son front était anormalement sec. Des pellicules de peau sèche se détachaient chaque fois qu'il bougeait. Il devrait se mettre de la crème sur le front. Il devrait le huiler chaque soir. Il devrait faire pénétrer une substance grasse dans ce front sec de dentiste.

— Je vais vous mettre un plombage provisoire.

Il tira sur la roulette suspendue. Elle entendit le gémissement pneumatique et vit la tête vibrer.

— Je voudrais une piqûre, marmonna-t-elle à travers les compresses de coton qu'il lui avait enfoncées dans la bouche. Et je préfère que vous utilisiez la roulette rapide.

Elle vit ses pupilles se dilater au-dessus du masque.

— ... Si ça ne vous ennuie pas.

Il se pencha au-dessus d'elle, approchant son front squameux de son visage.

— On ne peut pas utiliser la roulette rapide pour ce genre de plombage.

Le masque se gonflait quand il parlait.

— Et vous n'avez pas besoin de piqûre.

Elle ferma les yeux; il enfonça la chose dans le trou fait par Norman. Il fora de plus en plus profond, creusa un trou bien net, agrandissant la cavité, récurant un morceau de territoire vital dans son incisive supérieure gauche. La roulette faisait un bruit d'avion à hélice. Elle exécutait des loopings et des huit dans sa dentine. C'était la plus lente des roulettes lentes, et ça faisait mal à hurler.

Mentalement, Bella ouvrit son petit carnet rouge, choisit une page vierge et y inscrivit Reginald. Il avait commis une erreur au sujet de la piqûre. Elle était obligée de le noter. Elle traça une croix noire en face de son nom.

C'était son nouveau système. Ça fonctionnait comme le permis de conduire. Chaque infraction à son code entraînait une sanction. (Les mises en garde verbales s'étaient avérées inutiles depuis longtemps.) Une sanction, c'était regrettable. Deux, vous preniez des risques. A la troisième, vous perdiez votre permis. Trois sanctions signifiaient une suspension à vie. Elle mit la première croix noire en face de son nom. La roulette s'arrêta. Bella ouvrit les yeux.

— Alors, ce n'était pas si terrible, hein? déclara-t-il.

Sa main passa devant ses yeux pour déposer un comprimé dans un verre d'eau. L'eau pétilla et se colora en rose.

— Rincez-vous bien.

Elle se rinça la bouche avec l'eau chaude et cracha dans le lavabo. En voyant des bouts de dent disparaître dans le trou, elle repensa à Timmy et à Norman. Elle se rinça la bouche et se souvint.

Timothy avait accumulé un grand nombre de sanctions au moment de sa disparition. Mais Norman n'avait pas eu de chance. Elle lui en aurait infligé deux, au maximum. Norman avait eu la malchance de la rencontrer dans sa période préjudiciaire. La justice fut peut-être un peu trop expéditive pour Norman. Un graffiti souillait son mur de brique mental : Norman était innocent, O.K. ? Un autre s'inscrivit juste en dessous : Tant pis.

Elle se renversa dans le fauteuil et le laissa combler le trou. Il y enfonça du plombage blanc, gratta l'excédent, rajouta du plombage, gratta et recommença l'opération. Il ressortit la sonde, ôta un peu de pâte collée à l'extrémité, il en fit une boulette qu'il jeta par terre d'une chiquenaude.

— Et voilà, dit-il. Terminé.

— Un plombage provisoire reste provisoire pendant combien de temps ?

— Revenez demain ou après-demain. Je devrai peut-être poser une couronne. Nous verrons comment ça évolue.

Mais demain ou après-demain, Bella serait partie. Bella aurait pris la clé des champs. Bella aurait mis les voiles.

Elle se rinça la bouche une seconde fois. Le plombage frottait contre sa langue. Sa dent titillée par la roulette continuait à l'élancer. Elle ôta la serviette plastifiée autour de son cou et il fit redescendre le fauteuil.

— Merci, marmonna-t-elle.

Gratitude exprimée de bien mauvaise grâce.

Il retira son masque.

— Je vous en prie.

Elle le regarda se diriger vers le lavabo près du mur. Il ouvrit le robinet pour se laver les mains.

— Combien vous dois-je ?

— Voyons voir... (Ses mains disparurent sous une serviette grisâtre.) Un plombage. Soins en urgence. Disons cinquante livres.

Elle leva les sourcils.

Il haussa les épaules.

— Je déteste le dimanche.

Elle sortit son porte-monnaie et compta cinq billets de dix. Le fonds Timothy s'épuisait rapidement. Elle dépensait sans souci du lendemain.

— Quand pourrai-je manger ?

— Dans une douzaine d'heures. Environ.

— Je reviens dans un jour ou deux, alors ?

— Dans ces eaux-là.

Il enfila une veste sport à carreaux avec des pièces en cuir aux coudes. Le col indien faisait un curieux effet en dessous.

— Pas d'autres patients aujourd'hui ?

— Pas d'autres patients.

— C'est chouette, dit-elle.

— Oui.

— Plus de patients pour Mr. Mire.

— Reginald.

— Plus de patients pour Reginald.

— Non, aucun.

Elle balança son sac sur son épaule.

— Avez-vous un frère qui s'appelle Ronald, Reginald ?

— Pourquoi ?

— Ronnie et Reggie, Reginald. Voilà pourquoi.

— J'aurais cru que ce n'était pas de votre époque.

— C'était bien avant.

— Alors pourquoi me parlez-vous d'eux ?

— On a étudié leur cas en Sciences sociales.

— Des petits voleurs sans envergure. (Il semblait agacé.) De la racaille de l'East End.

— Le Criminel comme Catalyseur.

— Paradant dans Londres avec leurs anges gardiens.

— J'ai obtenu un A.

— N'importe qui peut être un héros avec une arme, ironisa-t-il. N'importe quel moins que rien peut devenir quelqu'un avec une arme.

— Je crois que vous avez mis le doigt dessus, Reginald.

— J'aime vous entendre prononcer mon nom.

— Vraiment ?
— Oui.
— Est-ce que tous vos patients vous appellent Reginald ?
— Seulement les clients privés. Seulement ceux qui paient. S'ils paient, je les laisse m'appeler par mon prénom.
— Ça en vaut la peine, Reginald. Ça vaut largement cinquante livres.
— C'est vulgaire de parler d'argent. Les filles bien ne devraient pas parler d'argent.
— Je vais vous confier un secret, Reginald : les filles bien ne parlent *que* d'argent.
— Etes-vous une fille bien ?
— Je suis une fille très bien.
— Voulez-vous que je vous dépose ?
— Pardon ?
— Ma voiture est garée juste devant. Je peux vous raccompagner.
— Je pensais que vous habitiez ici.
— Mon Dieu, non. Je loue simplement ce cabinet. J'habite dans un village du West Sussex.

Elle regardait sa blondeur. C'était un homme très blond.

— Reginald le campagnard, dit-elle.

Elle lui sourit. Il ne lui rendit pas son sourire. Il observait ses lèvres.

— Où allez-vous ? demanda-t-il.

Il aurait pu être écossais, tellement il était blond. Il avait des cheveux dorés, et des sourcils dorés. Des yeux gris pâle comme sa serviette grise. Il aurait pu venir des Highlands, mais son accent était cent pour cent Highbury.

— Vers Brunswick.
— Pas de problème.

Il ne nettoya pas son matériel. Il ne le mit pas à tremper dans un produit stérilisant, laissant ce soin à Nursey. Il lui ouvrit la porte et la suivit dehors. Ces derniers temps, les hommes lui ouvraient souvent les portes.

Sa voiture était une magnifique Mercedes CE. Bleu nuit, sièges en cuir noir et boîte automatique. Bella se méfiait toujours des hommes qui conduisaient des voitures automatiques. Elle ne pouvait s'empêcher de se demander ce qu'ils faisaient avec leur main libre.

Mais la musique était bonne. Sibelius s'échappait du lecteur de disques compacts. La culture, se dit-elle avec approbation. Elle aimait bien un soupçon de culture. Il poussa le levier de vitesses et la voiture bondit. Sa dent continuait à lui faire mal.

Ils tournèrent à droite dans Madeira Drive et roulèrent en ronronnant jusqu'au rond-point de Palace Pier. Il le traversa et coupa à travers les Lanes. Les célèbres Lanes de Brighton qui vendent leur célèbre artisanat. A moitié prix. Il remonta North Street et tourna à gauche dans Western Road. Les clochards se battaient à coups de pied devant les toilettes publiques. Ils passèrent dans le bas de Brunswick Place.

— Vous pouvez me déposer devant le marchand de journaux, dit-elle.

Il ne ralentit pas. Il ne ralentit absolument pas. Mais il n'accéléra pas d'une manière perceptible. Il continua à rouler à la même allure. Il conduisait comme il maniait la roulette, sans se presser, en prenant son temps, totalement maître de tout.

— N'importe où par ici, dit-elle.

Elle jeta un coup d'œil à l'horloge florale alors qu'ils s'engouffraient dans Hover. Elle ne voulait pas faire la difficile. Elle n'était pas du genre à faire une scène. Elle préférait éviter tout scandale.

— Ici, ça ira très bien.

Ils descendirent Church Road à toute allure.

— Ça ne me gêne pas de revenir à pied.

Ils tournèrent à droite juste après la mairie, puis immédiatement à gauche dans un parking sur plusieurs étages, à moitié vide et non gardé, de Norton Road.

La voiture gravit la rampe en douceur; il prit un ticket. Ils montèrent et montèrent encore, sans cesser de tourner, jusqu'au dernier étage. Là, il coupa le moteur, éteignit le lecteur de compacts et ils restèrent assis en silence.

Seuls dans un parking un dimanche après-midi. Un moment de calme et de contemplation. Reginald et Bella. Le dentiste et la patiente. L'homme à la roulette et la tueuse.

XV

De l'eau coulait le long d'un des murs. C'était peut-être un mur en béton. C'étaient peut-être des parpaings. A moins qu'il ne s'agît d'un mur de brique recouvert d'un enduit. Elle n'y connaissait rien dans ce domaine. Elle le regrettait.

Elle aurait aimé regarder l'eau couler le long du mur et former une mare sur le sol, en sachant avec certitude de quoi était fait le mur. Cela l'aurait rassurée. Cela lui aurait procuré un sentiment de certitude dans un monde d'incertitudes. Elle aime les certitudes. Elle croit énormément aux certitudes. Elle n'en a pas beaucoup, mais elle aime le peu qu'elle possède.

Elle observa l'escalier en béton.

— Jolie vue, commenta-t-il.

— Comme vous dites.

— Ça change d'aller dans un endroit différent, dit-il.

— Sans aucun doute.

Un grand sourire fendit son visage. Il avait une rangée de dents superbement couronnées, une chevalière en or et des boutons de manchettes en ivoire. C'était un homme à bijoux qui scintillait et étincelait. Un homme manucuré, avec une petite femme bien élevée.

— Vous aimez ma voiture?

— J'adore votre voiture.

— Moi aussi.

— Je m'en doute.
— Vous trouvez qu'elle me ressemble ?
— Si je trouve qu'elle vous ressemble ? (Elle réfléchit un instant.) Je trouve qu'elle me ressemble davantage.
— J'ai travaillé pour m'offrir cette voiture.
— J'en suis sûre.
— J'ai mérité cette voiture.
— Et maintenant, elle est à vous.

De minuscules bulles apparaissaient aux commissures de ses lèvres quand il parlait. On ne peut pas dire qu'il écumait. Ce n'était pas réellement dégueulasse. Simplement, il bavait quand il parlait.

— J'ai travaillé dur pour avoir tout ce que je possède, dit-il. J'ai travaillé foutrement dur, et je bosse encore plus dur maintenant pour garder tout ça.

Elle émit un murmure compatissant. Quand les professions libérales commencent à pleurnicher, il n'y a pas grand-chose à dire. C'est peut-être pour cette raison qu'il l'a amenée ici. Peut-être a-t-il juste envie qu'elle l'écoute parler. Certains hommes sont comme ça. Ils vous emmènent au dernier étage d'un parking désert pour ne pas être dérangés pendant qu'ils parlent.

— Vous ne pouvez pas imaginer combien j'ai trimé.

Il serra le volant en cuir avec ses mains de chirurgien-dentiste.

— J'ai passé toute ma putain de vie à trimer.
— Rares sont ceux qui peuvent en dire autant.
— A fourrager dans la bouche des gens. A respirer leur mauvaise haleine. A essuyer leur salive.
— A contempler leurs narines...
— A contempler leurs narines.
— Vous devez être très fier de vous, Reginald.
— Fier ? Pourquoi serais-je fier ? Je soigne la lie des assurés sociaux. Le rebut. Ils polluent ma salle d'attente, laissent tomber leurs cendres sur la moquette et ils lorgnent Nursey avec leurs dents pourries et leurs gencives infectées.
— Il faut de la patience avec les patients, dit-elle d'un ton apaisant.

— ... Je leur fais l'imposition des mains, je les bénis, et je les renvoie chez eux guéris.

La dentisterie et l'humilité, elle l'a souvent remarqué, font mauvais ménage.

— C'est votre vocation, Reginald, lui rappela-t-elle. Beaucoup d'appelés, peu d'élus.

Il donna l'impression d'exploser sur son siège.

— Je n'en peux plus, bon sang! Vous ne comprenez donc pas? Vous êtes stupide ou quoi?

Il la saisit par sa mâchoire encore douloureuse pour l'obliger à tourner la tête vers lui. Il pressa ses lèvres entre son pouce et son index.

— Mes patients me dégoûtent. Me fais-je bien comprendre? Je les trouve écœurants. Je dois plonger dans leurs bouches infestées de microbes. Je dois me glisser dans leurs caries et gratter la pourriture.

— Il faut bien que quelqu'un le fasse, murmura-t-elle entre ses lèvres comprimées.

— Pourquoi *moi*?

— Pourquoi pas?

Il la repoussa brutalement.

— Parce que c'est dégoûtant, voilà pourquoi.

Il éteignit les veilleuses.

— Je suis un homme instruit. J'ai des principes. J'aime que les choses soient propres. J'aime les choses propres. J'aime les gens propres. Je croyais que vous comprendriez.

— Je crois que je commence.

— Mon épouse comprend. Les gens devraient au moins essayer de comprendre. Il n'y a pas assez de compréhension. Je vous ai amenée ici pour vous faire comprendre.

Elle traça une seconde croix noire en face de son nom dans son petit carnet rouge. Deux sanctions pour Reggie. Plus qu'une. Devait-elle l'avertir? Devait-elle le mettre en garde? devait-elle lui dire qu'il était fichu s'il ne faisait pas attention?

Elle décida de ne rien dire. Elle lui ferait la surprise.

Une surprise à la Bella. Elle lui servirait une spécialité à la Bella. Elle n'a pas à s'inquiéter. Elle sera à la hauteur. Elle est calme. Elle est détendue. Elle est maîtresse de soi. Deux de moins en vingt-quatre heures. Envoyés en cellule. Deux rustres supprimés. Deux raclures éliminées. Elle avait mutilé leur cerveau. Elle l'avait fait toute seule, alors elle n'avait pas à s'inquiéter.

C'était peut-être une moins que rien, mais le pistolet faisait d'elle quelqu'un. Elle eut un sourire satisfait. Avec le pistolet dans son sac, elle peut aller où bon lui semble. Avec le pistolet dans son sac, elle peut divaguer et délirer. Avec le pistolet dans son sac, elle peut prendre son temps. Avec le pistolet dans son sac... Son sourire se figea. Il n'y a pas de pistolet dans son sac. Le pistolet est resté à côté du lit.

— Il y a les odeurs. Je ne supporte pas les odeurs.

Son accent du nord de Londres commençait à grincer.

— Elles essaient de les camoufler sous leurs parfums. Elles s'aspergent de senteurs en pensant que je ne remarquerai rien. Chiennes stupides et puantes. Je m'en aperçois toujours. En me penchant au-dessus d'elles, je sens leur odeur, et parfois j'ai envie de vomir, j'ai vraiment envie de vomir.

— Quelle odeur?

— Leur odeur de femme. Cette odeur qu'elles ont toutes. Elle s'accroche à leur peau, cette odeur puante de femme.

Il n'y a pas de pistolet dans son sac.

— Je la sens quand je soigne leurs dents. L'odeur des pertes vaginales. L'odeur des règles.

Le pistolet est resté à côté du lit.

— Je soigne leurs dents et je songe à cette fange qui suinte d'elles, la fange qui tache mon fauteuil, cette répugnante fange de femme.

Il se tut. Elle écouta le tic-tac de sa montre.

— Et les odeurs des hommes, alors? demanda-t-elle.

— Quoi?

— Elles ne vous incommodent pas?

— Pourquoi m'incommoderaient-elles ?
— Pour rien.
— J'espère que vous comprenez maintenant, dit-il.
— Je crois.

Elle s'imagina ouvrant la portière brusquement et courant vers l'escalier. Traversant en courant sur ses talons hauts le dernier étage désert d'un parking désert. Le bruit de ses talons qui cliquettent sur le béton. Ce bruit vain et désespéré des talons hauts quand ils pensent pouvoir s'échapper. Vous l'avez sans doute déjà entendu, ce staccato, ce bruit de femme. Ce cliquetis qui passe sous vos fenêtres, après minuit. Ce bruit si saccadé, fragile et féminin.

Vous vous demandez ce qu'elle fait dehors seule, si tard ? Vous vous demandez ce qu'elle fait dehors, seule dehors, rentrant chez elle dans le noir en faisant claquer ses talons ? Est-ce que vous faites la moue en vous demandant pourquoi elle n'a pas trouvé quelqu'un pour la ramener rapidement chez elle, et ensuite la prendre rapidement une fois arrivé chez elle ? Le bruit de ses talons hauts et fins. Un bruit si solitaire. Le bruit solitaire de la salope qui n'a pas les moyens de se payer un taxi.

Elle aurait pu sauter hors de la voiture. Simplement ouvrir la portière en grand et sauter hors de la voiture. Elle aurait pu marcher d'un pas léger sur le béton jusqu'à l'escalier. Elle aurait pu s'éloigner en faisant claquer ses talons. Elle aurait pu passer devant l'ascenseur et gravir la rampe en dansant. Mais elle le sentirait derrière elle. Son souffle derrière elle. Sa présence imposante derrière elle. Il lui briserait ses bras si fragiles pour la ramener de force à la voiture.

Alors elle resta assise sur son siège et elle attendit. Elle attendait pendant qu'il discourait. Elle écoutait comme elle avait l'habitude de le faire.

Il sortit son portefeuille et lui tendit une photographie. On y voyait une écolière en uniforme bordeaux. C'était une photo en couleurs prise avec un de ces appareils à objectif fixe qui ne permettent pas d'effectuer une mise au point correcte. La jeune fille au sourire flou se protégeait les yeux du soleil.

— Votre fille ?

— Mon adorable fille, rectifia-t-il. Ma petite perle. Ma princesse.

Si vous les aviez vus assis là tous les deux, si vous aviez pu regarder à travers les vitres pour les voir, assis à l'avant de la Mercedes bleu nuit, vous n'auriez pas été inquiet outre mesure, à moins que vous ne soyez d'une nature inquiète. Rien dans cette scène n'aurait pu vous inquiéter, rien n'aurait pu vous pousser à vous interroger. En regardant à travers la vitre, vous auriez vu un homme d'un certain âge avec des lunettes demi-lune montrer une photo de sa fille à son amie, à sa compagne, à sa connaissance.

Vous auriez peut-être remarqué que la femme avait un teint gris de prisonnière, alors que la bonne chère donnait un teint rougeaud à l'homme, dont vous auriez peut-être vu la bouche de poisson s'ouvrir et se fermer, mais vous n'auriez rien entendu, car les vitres étaient fermées. Vous auriez peut-être été un peu étonné par sa façon de tenir soigneusement la photo sur les côtés, sans mettre les doigts dessus, comme s'il craignait de souiller une image sacrée.

Mais il n'y avait rien de réellement étrange. Il n'y avait rien de suffisamment curieux pour que vous y regardiez de plus près. C'était comme la photo, la façon dont ils étaient assis. Tout semblait parfait en apparence. Tout semblait tellement normal en apparence. Tout semblait tellement convenable, pur et sain en apparence. Mais il faut plonger sous les apparences pour découvrir la vérité. Il faut soulever la pierre pour découvrir ce qui se trouve dessous. Il faut gratter la croûte pour examiner la plaie. A les voir ainsi, vous ne pouviez pas imaginer qu'il se consumait et qu'elle bouillonnait.

La bile bouillonnait dans son ventre. Elle sentait son goût amer dans sa bouche, avec les débris de plombage qu'elle n'avait pas recrachés. C'était le goût de la peur, le goût de la terreur qu'elle sentait parfois. Elle l'avait laissé approcher trop près ; il ne faut pas les laisser approcher trop près. Pas quand vous vous appelez Bella. Quand vous vous appelez Bella, vous devez garder vos distances. Vous ne devez pas devenir trop intime, quand vous vous appelez Bella.

Il ne faut jamais les laisser approcher si près qu'ils puissent vous gifler du plat de la main. Une gifle violente et contrôlée sur la bouche, là où Norman vous a rendue si sensible, et sans l'appuie-tête, vous auriez eu la nuque brisée.

Il avait cet air ardent et impatient qu'ils prennent après avoir frappé une femme, quand ils savent qu'ils vont recommencer. Il avait cet air qu'ils prennent quand ils voient la tête d'une femme projetée en arrière. L'air d'un homme qui sait qu'il peut la faire taire. Il peut lui fermer le clapet. Il peut la faire gémir simplement en se montrant. Quel sentiment grisant il éprouvait. Quel sentiment grisant il éprouva quand il la gifla violemment sur la bouche et que sa tête fut projetée en arrière.

– Vous n'écoutiez pas, dit-il. Si vous n'écoutez pas, vous n'apprendrez jamais. (Il plissa le front.) C'est impoli de ne pas écouter.

Elle porta sa main à sa bouche. Sa lèvre s'était rouverte. S'ils continuaient à lui fendre la lèvre, elle devrait se faire recoudre. Il faudrait que quelqu'un enfonce une aiguille et du fil dans sa lèvre pour recoudre les deux bords.

Sa bouche était endolorie et hors d'usage, mais son cerveau demeurait froid et lucide. C'était un cerveau d'un genre particulier. Il ne s'encombrait pas de choses qui ne l'intéressaient pas. Le seuil d'ennui du cerveau de Bella, comme son seuil de tolérance à la douleur, était extraordinairement bas. La plupart du temps, il travaillait au ralenti, quand il travaillait. Mais dans les moments graves, quand les jeux étaient faits et que tout semblait irrémédiablement perdu, son cerveau enflait dans sa tête et se pressait contre les parois de son crâne. Il analysait, il stockait et commençait à battre.

Présentement, il embraya. Il vibra et se mit en marche. Il les regarda tous les deux, assis là sur leur siège en cuir, et il l'avertit aussitôt, car le cerveau de Bella était un cerveau clairvoyant.

Tu n'as aucune chance, dit-il. Tu vas devoir lui donner ce qu'il désire, stupide fille. Si tu me l'avais demandé, je te l'aurais dit.

Tu t'es aventurée trop loin, tu es tombée de ton fil suspendu, tes freins ont lâché, la chance t'a abandonnée. Bella de Brighton. Bella Boadicée[1]. Tout est illusoire.

Tu ne peux plus reculer maintenant. Je n'aimerais pas être à ta place. Tu vas avoir ce que tu mérites, voilà ce qui va t'arriver. Ne te laisse jamais raccompagner. Jamais. Je te l'ai suffisamment répété. Mais tu es devenue trop sûre de toi. Tu as oublié que tu n'es rien sans tes armes. Moins que rien. Rien du tout. Et tu as oublié tes armes. Tu les as laissées dans l'appartement, petite idiote.

Je ne peux plus rien faire pour toi maintenant. Tu ne pourras pas t'en tirer en discutant. Petite idiote de Bella, je te l'avais dit, mais tu ne m'as pas écouté. Tu as toujours été une entêtée, et maintenant tu vas devoir...

— Où étiez-vous ?

— Comment ?

— Vous aviez l'air d'être à des kilomètres. Vous rêviez. Il faut être un peu plus attentive quand les gens vous parlent.

— Désolée.

— Sinon, les gens pourraient croire que vous les trouvez ennuyeux, dit-il. Je ne vous ennuie pas, j'espère ?

— Non, absolument pas, dit-elle. Pas le moins du monde.

1. Boadicée : Reine des Icènes (Ier s.), dans l'actuel Norfolk en Grande-Bretagne. Elle déclencha une révolte contre les Romains (60) et, vaincue, s'empoisonna. (*N.d.T.*)

— Si je vous ennuie, il faut me le dire, j'y tiens.
— Non, je vous assure.
— Au sujet de ma fille, reprit-il. Comme je vous le disais...

Elle est tout ouïe. Il l'a frappée sur la bouche et elle est tout ouïe. Très attentive. Elle tend l'oreille. Voilà ce que vous faites quand vous êtes assise dans une voiture et que le conducteur vous frappe sur la bouche. Si vous êtes seule, s'il vous a fendu la lèvre, et que le pistolet soit resté à côté de votre lit, voilà ce que vous faites. Vous écoutez très attentivement ce qu'il a à vous dire.

— Mon adorable fille qui est le portrait de son adorable mère. Je suis un papa-gâteau. Un véritable papa-gâteau. Je la gâte. Je sais que je suis ridicule, tous ces cadeaux que je lui fais. Si vous voyiez sa chambre. Vous devriez voir ça. Tout en rose, avec des fanfreluches. Je ne peux rien lui refuser. C'est une fille adorable.
— Une fille absolument adorable.
— Une fille magnifique. Vraiment splendide. Et très équilibrée.
— Vous avez beaucoup de chance.
— Je sais.
— Elle doit être une grande joie pour vous.
— Oh oui. Une très grande joie. Elle ferait n'importe quoi pour son papa.
— J'en suis sûre.
— Pourtant, je m'inquiète. Elle arrive à l'âge où on ne peut pas s'empêcher d'être inquiet. Quatorze ans au printemps prochain.

Son après-rasage évoquait pour elle l'image de planches de surf glissant sur l'écume.

— La puberté... dit-il comme s'il s'agissait d'une maladie. Elle mûrit vite. Elle se développe, pourrait-on dire. Elle devient nubile.

Il arracha la photo des mains de Bella et la remit rapidement dans son portefeuille.

— Les garçons ne vont pas tarder à rappliquer. A venir fureter. A renifler. C'est écœurant.

— Qu'est-ce qui est écœurant?

— Ce que les hommes font aux femmes. Ce que les femmes leur ont fait. J'ai lu des trucs là-dessus. La façon dont ils forcent les femmes. Ça me met hors de moi. Je ne comprends pas. Ça me dépasse, tout ce qu'ils font.

Il posa délicatement sa main sur son bras.

— Vous êtes trop vulnérables. Vous êtes toutes trop vulnérables, et je ne peux pas le supporter. J'ai envie de toutes vous protéger. Je me demande comment vous pouvez supporter d'être aussi vulnérables.

— On essaie de s'arranger au mieux.

— Ce doit être affreux d'être une femme.

— Il y a des inconvénients.

— Ça ne doit pas être facile d'être une femme convenable.

— Je me débrouille.

— Je ne parlais pas de vous, dit-il. Je ne pense pas que vous soyez une femme convenable.

Le pistolet est à côté du lit. Le pistolet est sur une chaise à côté du lit.

— Les femmes convenables, soupira-t-il. J'aime les femmes convenables.

Ses jointures étaient blanches autour du volant.

— Le problème avec les femmes, dit-il, le truc qui m'énerve chez les femmes, c'est qu'on ne sait jamais ce qu'elles pensent, on ne sait jamais vraiment ce qu'elles veulent. Vous voyez ce que je veux dire?

— Non, pas très bien.

— Elles se bichonnent, elles s'attifent, elles font tout voir, elles se comportent comme si elles s'étaient offertes toute leur vie, comme si elles ne voulaient qu'une seule chose : se faire baiser à fond, mais ensuite, il suffit de les regarder pour qu'elles commencent à bêler, à geindre, je déteste ces gémissements de femme, ces gémissements prolongés de femme.

— Il est temps que je rentre boire mon thé.

— Enfin quoi, elles vous collent leur chatte puante sous le nez, et vous qu'est-ce que vous êtes censé faire, hein?

Elle regarda la tache humide sur le béton.

— Répondez-moi, dit-il.

— Ecoutez, Reggie...

— Ce que je ne comprends pas, ce que je n'arrive pas à comprendre, dit-il, c'est pourquoi vous êtes montée dans ma voiture. Quel genre de fille accepte de monter dans la voiture d'un homme ?

— Une fille dans mon genre.

— Ma fille ne monterait jamais dans la voiture d'un homme. Je lui ai parlé des hommes. Je l'ai mise en garde. Elle sait tout des hommes. Elle sait qu'elle ne doit pas monter dans la voiture d'un homme, à part la mienne. Je lui ai tout expliqué.

— C'est très paternel de votre part.

— Elle n'a que treize ans, mais elle sait ce qui lui arrivera si elle monte dans la voiture d'un inconnu. Si elle le sait, vous le savez aussi. Et si, en sachant cela, vous êtes quand même montée dans ma voiture, c'est que vous le cherchez. Et puisque vous le cherchez, vous allez y avoir droit.

— Vous avez offert de me raccompagner, dit-elle. Jusqu'à Brunswick. Il y en a pour cinq minutes, avez-vous dit.

— Exact. Ça ne durera que cinq minutes.

Il se pencha pour ouvrir la boîte à gants. Une ampoule s'alluma à l'intérieur; elle aperçut deux rouleaux de ruban adhésif, une paire de ciseaux à broder et du fil électrique vert.

— Ce n'est pas bien, dit-il en déroulant le câble entre ses doigts. Ce n'est pas bien ce que vous nous obligez à faire.

— Rien ne vous y oblige. Rien ne vous y oblige si vous ne voulez pas.

— Mais j'en ai envie, dit-il. J'en ai terriblement envie. J'en ai immensément envie.

Il saisit ses poignets fins dans sa main gauche, et de l'autre, il la ligota avec le câble.

— Je vais apprendre à ma fille à ne pas prendre de

risques, dit-il. Pourquoi devrait-elle souffrir à cause de salopes comme vous?

— Vous allez le regretter, Reggie, vous allez le regretter par la suite.

L'éclair d'un sourire aux dents couronnées.

— Pas autant que vous.

Il la coucha sur le levier de vitesses et lui attacha les poignets en haut du volant.

— Vous devriez vous nettoyer les dents avec un fil dentaire. Matin et soir. Brosse à dents et fil dentaire. Frotter pour enlever les taches. Se coucher tôt et se lever tôt. Manger beaucoup de carottes crues, voilà ce que je dis toujours.

Il sortit de sa poche de poitrine un mouchoir en lin d'une blancheur éclatante et écarta les cuisses pour l'étaler sur le siège.

— La propreté du corps est parente de la propreté de l'âme, murmura-t-il.

Il plaqua sa main gauche sur sa nuque. Si elle avait eu de la peau dans le cou, c'est par là qu'il l'aurait attrapée.

— J'espère que tu as faim, dit-il en baissant la fermeture Eclair de sa braguette, car c'est l'heure du goûter.

Il la força à baisser la tête vers sa queue volumineuse.

— Ouvre bien la bouche, roucoula-t-il.

XVI

Bella, immobile au-dessus de lui, tandis que sa vie défile devant ses yeux, voit les poils cuivrés, elle sent cette odeur de pénis mal lavé, et elle se dit que voilà encore une chose dont sa mère a oublié de lui parler.

Puis il est en elle ; elle étouffe, il lui tient la tête à deux mains, il l'attire vers lui, il lance son pubis en avant, et il la remplit entièrement, il la gave, il l'étouffe, et si elle avait des dents un peu plus tranchantes, elle refermerait les mâchoires d'un coup sec, comme la fille russe avec le soldat allemand.

Il lui fallut beaucoup de temps et beaucoup de frottement avant qu'il ne parvienne enfin à se vider.

Il grogna, se détendit et la tira par les cheveux.

— Tu as avalé ?

Elle avait envie de vomir. Elle sentait qu'elle allait vomir. Il le vit sur son visage, s'empressa de la détacher et d'ouvrir la portière pour descendre de voiture.

— Faut que je pisse, dit-il. Rince-toi bien la bouche.

Elle l'entendit se diriger vers le coin. Elle se pencha pour cracher par terre. Elle recracha le goût de cet homme, sa puanteur et son humeur visqueuse. Elle cracha jusqu'à ce qu'il n'y ait plus aucun élément solide, uniquement des acides gastriques pâles et amers. La honte lui brûlait le visage. Elle leva la tête et le regarda uriner contre le mur de l'ascenseur. Il fredonnait.

Est-ce la fin de Bella la courageuse, la tueuse de dragons ? N'a-t-elle d'autre choix que de se renfoncer dans son trou sous terre, réduite au silence, la bouche collée par la semence d'un dégénéré ? Doit-elle regagner son terrier en rampant, pour y lécher ses plaies avant de se jeter dans un sac-poubelle ?

Est-ce la fin ?

Elle regarda les clés restées sur le tableau de bord.

Peut-être pas.

Elle se glissa sur le siège du conducteur, en gardant la tête baissée. Il lui offrait la vision de son dos large, comme si elle n'avait pas bien vu tout ce qu'il y avait à voir. Il continuait à pisser comme s'il avait une vessie sans fond. Il se trimbalait avec un sac plein. Pas étonnant qu'il soit si irritable. Elle eut l'impression que son crâne se fendait.

Sale con. Salopard.

Ses doigts se refermèrent sur la clé de contact. Elle se redressa sur le siège. Une profonde inspiration et elle tourna la clé. Le moteur vrombit ; Reginald se retourna à demi, sans lâcher son pénis flasque.

Espèce d'ordure. Saloperie. Va pourrir en enfer.

Tout vient à point à qui sait attendre. Que lui avait dit Nimrod ? « Soyez patiente, et le corps de votre ennemi passera devant votre porte. » Nimrod était un connaisseur. Mais elle manquait de patience. Elle ne pouvait pas attendre de voir le corps de Reggie passer devant sa porte. Elle ne pouvait le laisser pisser au vent. Elle ne pouvait pas le laisser debout, après ce qu'il avait fait.

Elle poussa le levier de vitesses et écrasa l'accélérateur. La Mercedes bondit. Deux cents chevaux répartis dans six cylindres bondirent. Il s'écartait quand elle écrasa sa jambe gauche contre l'ascenseur.

Vous auriez dû l'entendre crier. Un cri à plein gosier, sans retenue. Un cri de douleur, de rage et de fureur, à vous glacer le sang si vous n'étiez pas au volant d'une voiture de deux tonnes.

La secousse du pare-chocs contre la porte de l'ascenseur la projeta contre le volant, et la douleur qui traversa sa poitrine lui coupa le souffle. Elle enclencha la marche arrière et recula dans un crissement, avant de piler net. Elle alluma les lumières, pleins phares. Il tournait en rond à quatre pattes, hurlant, sanglotant, pris de haut-le-cœur.

— Je vais te tuer, salope ! Espèce de cinglée !

Des grands mots. Elle se moquait de ces mots grandiloquents.

Il se releva péniblement ; secoué d'un spasme, il vacilla et faillit perdre l'équilibre, mais il avança vers elle. Oui, il avança vers elle. Voilà un homme incapable de reconnaître la réalité, même quand celle-ci lui broyait la jambe gauche contre une porte d'ascenseur.

Elle recula de cinq mètres et freina. Il s'immobilisa pour la dévisager. Elle fit vrombir le moteur. Il ressemblait à un lapin dans le faisceau des phares. Elle relâcha la pédale de frein et appuya sur l'accélérateur. Elle écrasa l'accélérateur et bondit en avant, s'élança en avant, fonça en avant.

Cette fois, la collision fut frontale. Un télescopage de plein fouet entre Reggie et la voiture de Reggie. La voiture pour laquelle il avait trimé si dur l'écrasa. Le choc fut si violent qu'il fit un saut de carpe par-dessus le capot, retomba lourdement sur le toit et glissa de l'autre côté.

Voilà ce qu'on ressent lorsqu'on commet un Reggicide : on fait marche arrière, la voiture roule sur quelque chose de mou, comme un dos d'âne sur la route, mais on ne le sent pas réellement, car les suspensions sont bonnes. Et on avance. Puis on recule de nouveau. Et on avance. Et chaque fois la bosse est légèrement différente. Légèrement moins haute. Légèrement plus molle.

On répète plusieurs fois la manœuvre. Sans s'arrêter. Impitoyablement. On regrette de ne pas voir ce qu'on fait. On aimera beaucoup voir ce qu'on fait. Alors on recule davantage et on allume les codes. Et là, on découvre Reggie. Reggie le légume. Les jambes bizarrement tordues, un minuscule filet rouge coulant du coin de sa bouche.

Elle avait mauvaise haleine. La bête immonde l'avait souillée, alors elle avait effacé la souillure. Il connaissait les règles de toute façon. Il avait manqué aux devoirs de sa profession, alors elle l'avait rayé des cadres.

Elle observa ce qui restait de lui. Elle serait obligée de le laisser là. Il était trop lourd. Si elle avait pu le soulever, elle l'aurait fourré dans le coffre. Elle l'aurait déposé dans ce petit coffre, avant que la rigidité cadavérique ne raidisse la bouillie qu'elle avait faite de lui. Hélas, mille fois hélas, c'était impossible. Il était trop fort pour elle, même maintenant. Elle examina sa coiffure dans son petit miroir. Ebouriffée, voilà comment elle était. Il n'y avait pas d'autre mot pour la décrire. Elle se demanda comment faisaient les femmes qui réussissaient à être toujours bien coiffées.

Elle quitta le parking au volant de la voiture. On ne le découvrirait pas avant demain. Personne ne venait ici le dimanche. Les gens convenables n'allaient pas dans les parkings déserts le dimanche. Juste les salauds et les pervers. Les crapules. Les salopards. Ils apprendraient la nouvelle dans leurs journaux gratuits. Ils l'apprendraient à la radio. Ils assisteraient à la reconstitution à la télé.

Et en entendant la formule « ... preuves d'une activité sexuelle récente », ils sauraient que l'étau se resserrait autour d'eux, que leurs libertés se morcelaient ; la patience a ses limites.

Elle déboucha dans la rue. L'horloge du tableau de bord indiquait six heures dix. Il faisait nuit dehors. Le Tout-Hove semblait enfermé jusqu'à la saint-glinglin. Elle rentra à Brunswick, et fit le tour de son pâté de maisons. En passant devant l'immeuble de Timothy, elle chercha du regard un ruban de plastique blanc condamnant l'entrée, mais en vain. Aucun véhicule de secours. Aucun stagiaire opiniâtre montant la garde à l'extérieur. Aucun problème.

Retour dans son appartement. Son appartement à elle, bientôt abandonné et certainement pas regretté. Son nid, son trou à rat en location, sa petite boîte à malice.

Elle se sentait fatiguée. Elle avait envie de dormir. Elle avait envie de s'allonger, d'oublier, et de laisser le sommeil l'envahir. Mais elle savait que c'était impossible. Pas maintenant. Elle devait agir vite, immédiatement. Jusqu'à présent, elle avait eu de la chance. Mais la chance ne dure jamais aussi longtemps. Il ne faut pas trop tirer sur la corde. A un moment, il faut lever l'ancre. A un moment, il faut s'arrêter. On ne peut pas continuer indéfiniment. Même une Bella ne peut pas continuer indéfiniment.

Elle remplit un sac d'affaires de toilette et de chaussures, et fourra des vêtements sur le dessus. Elle compta l'argent qui lui restait. Moins de deux cents livres. Pas beaucoup. Pas beaucoup pour commencer une nouvelle vie. Elle aurait dû faire les poches de Reginald. Elle aurait dû voler le portefeuille de cet abruti de dentiste. Mais elle n'y avait pas songé dans le feu de l'action. On ne saurait penser à tout. Elle se fit du thé, grignota un biscuit et réfléchit à son avenir.

Ce serait forcément Londres. Londres était l'endroit idéal pour elle. A Londres, on peut se perdre. On se perd, et ensuite on se retrouve. Brighton était trop provinciale de toute façon. Trop paroissiale. Le type de la petite ville minable de bord de mer, où il ne se passe jamais rien. Elle irait à Londres, elle trouverait un appartement, elle trouverait un travail, elle trouverait un homme. Un homme gentil qui ne la ferait pas souffrir.

Elle partirait demain. Il ne fallait pas brusquer ce genre de choses. Demain, elle monterait à la grande ville. Elle alla chercher son pistolet dans la chambre. Il lui avait coûté quatre cents livres. Le chargeur contenait six balles. Presque soixante-dix livres la balle. Elle s'en servirait ce soir. Elle s'en servirait et le balancerait ensuite. Elle presserait six fois sur la détente. Elle tirerait six fois. Elle le sentirait se cabrer six fois.

Elle le glissa dans son sac à main, mit son sac sur son épaule et souleva la petite valise. Elle coupa le gaz, l'électricité, couvrit le lit et vérifia toutes les serrures. Après quoi elle sortit dans le patio et claqua la porte derrière elle.

Elle gravit l'escalier jusqu'à la rue. Sa voiture reluisait. Une voiture reluisante. Beaucoup plus faite pour elle que pour lui, cette voiture. Elle déposa sa valise et son sac à main sur le siège du passager, fit le tour et monta à bord. Elle n'avait rien jeté. Elle ne s'était pas débarrassée de ce qui risquait de l'identifier. Elle voulait leur faciliter la tâche quand ils viendraient.

Elle ôta son pied du frein et la Mercedes bleu nuit quitta le trottoir.

Ils viendraient demain, ou après-demain. Ils viendraient, ils verraient, et ils sauraient alors qui elle était. Qu'ils sachent. Elle voulait qu'ils sachent. Elle voulait qu'ils sachent son nom.

XVII

A dix heures et demi ce soir-là, tandis qu'elle découpait un steak relativement épais dans un restaurant relativement français, trois hommes descendaient Cheapside.

A l'autre bout de la ville, près de la gare, là où vous n'iriez jamais rôder si vous pouviez faire autrement, trois hommes jeunes descendaient Cheapside. Ils se rapprochaient et s'écartaient les uns des autres en marchant, riant et plaisantant, se touchant à peine.

Le premier était petit. Le second était discret. Le troisième était amer.

Ils étaient vêtus comme des seigneurs et parlaient comme des roturiers. Ils méprisaient ce qu'ils ne comprenaient pas. Ils partageaient les mêmes goûts, ils partageaient les mêmes femmes, et ils s'aimaient, à la manière des hommes. Leurs vestes étaient signées Armani. Des véritables vestes Armani. Pas des Armani de prêt-à-porter. Ils aimaient salir leur veste, au cours d'une soirée. Cela leur rappelait à quel point ils étaient riches. Ils aimaient se faire déchirer leur veste au cours d'une rixe nocturne, puis les jeter et en acheter une autre.

On ne peut pas dire qu'ils cherchaient la bagarre, même s'ils ne crachaient pas dessus quand l'occasion se présentait. Ça les aidait à se détendre, après avoir bâti des fortunes à la City, de revenir à Brighton pour harceler quelques péquenauds sur la jetée. A Brighton, ils côtoyaient le gratin. Ils allaient prendre un verre avec des antiquaires, ils allaient aux courses avec des propriétaires fonciers. A Brighton, ils pouvaient vraiment profiter de leur argent. Il leur suffisait de regarder les crétins qui n'en avaient pas. Ils aimaient faire des virées en voiture les soirs de semaine. Ils roulaient au hasard, ralentissaient à hauteur d'un arrêt de bus et crachaient au visage d'un gars du coin. Ils trouvaient cela très drôle, d'autres auraient pu trouver cela déplacé.

Cracher était un de leurs passe-temps favoris. Quand ils ne réalisaient pas des achats d'options ou des ventes à forfait, ils crachaient. Ils organisaient des concours de crachats dans le métro, dans les rames bondées, quand personne ne pouvait bouger. Ils se raclaient la gorge et crachaient leur flegme sur les poignées qui se balançaient au plafond.

Vous étiez obligé d'en rire.

L'homme à la peau mate qui prit leurs billets à Victoria Station les traita de voyous buveurs de bière. Le type amer lui mit un coup de tête. Nous ne sommes pas des voyous buveurs de bière, dit-il tandis que l'homme se recroquevillait dans sa cabine sous leurs yeux. Nous sommes des emmerdeurs qui boivent du champagne.

Ils étaient beaucoup trop en forme. Ils n'auraient pas dû avoir une telle forme, avec leurs métiers. Ils s'entraînaient dans les gymnases de la City. C'était peut-être ça le secret. Mais ils n'y habitaient pas. Les quartiers des docks n'étaient pas assez bien pour eux. Ils avaient tous acheté des maisons de style Régence dans les rues les plus chic de Brighton. Ils vivaient bien à Brighton. Ils avaient une belle vie à Brighton. Ils avaient la classe ; ils avaient l'argent et ils étaient arrivés.

Certains individus sont à ce point comblés qu'ils donnent l'impression de miroiter quand ils marchent. Ils étincellent de réussite, et vous avez envie de les embrasser par gratitude quand leur ombre passe sur votre visage. Ils possèdent une sorte de beauté décolorée par le soleil qu'ils vous laissent admirer mais pas toucher. Ça doit les effrayer parfois, d'être si jeunes et si comblés.

Ils étaient comme ça, ces trois-là qui déambulaient dans Cheapside avec leurs vestes griffées. Ils avaient tout, ils savaient qu'ils avaient tout, et ça semblait tout à fait normal qu'ils aient tout.

Pourquoi descendaient-ils cette ruelle sombre plutôt qu'une autre, nous ne le saurons jamais. Elle était barrée à une extrémité, il n'y avait donc qu'une entrée, qu'une sortie. C'était ce qu'on appelle une impasse.

On ne devrait jamais s'aventurer dans une impasse si on peut l'éviter. Même si vous êtes trois et que vos voix portent dans la nuit, n'empruntez pas une impasse. Ne quittez pas la rue principale pour prendre une petite rue, et ne quittez pas la petite rue pour pénétrer dans un trou noir qui ne mène nulle part.

Ce n'est pas illégal, c'est déconseillé.

Bella ne l'aurait pas fait. L'ancienne Bella, qui n'était plus que la mue de la nouvelle Bella, ne l'aurait pas fait. L'impudence joyeuse contenue dans cet acte l'en aurait dissuadée.

Mais on ne peut pas demander à des hommes jeunes, avec des voix pareilles, de réagir comme une Bella. On ne peut pas leur demander d'avancer sans bruit, comme une Bella. On ne peut pas leur demander d'hésiter quand chaque immeuble, chaque parcelle d'herbe, chaque rue mal éclairée, chaque station, chaque métro, chaque impasse leur appartient, et qu'ils peuvent y pénétrer s'ils le souhaitent. On ne peut pas leur demander de ressentir les mêmes choses qu'une Bella qui avait l'impression d'être une intruse jusque chez elle.

Ils pénétrèrent dans l'impasse, tous les trois, et leurs voix les précédèrent. Leurs voix frappaient les murs aveugles qui bordaient l'impasse. Le bruit de leurs pas, tandis qu'ils s'enfonçaient plus avant, était un bruit si plein d'assurance. Ils s'enfoncèrent dans l'impasse étroite, riant, braillant et sifflotant dans le noir.

La lumière du lampadaire, à l'entrée de l'impasse, faiblissait de plus en plus, atteignant à peine le tas de haillons qui tremblait et frissonnait tout au fond.

Elle avait peut-être soixante ans, ou cinquante, ou soixante-dix. Difficile à dire quand ils en arrivent là. Elle portait trois pulls, deux manteaux, des gants en laine aux doigts coupés, et elle ne cessait de se gratter la tête. Assise seule au fond de l'impasse. Elle tendit un doigt décharné et les compta : Un, deux, trois, zézaya-t-elle à travers son râtelier du bas. Sa bouche semblait s'être affaissée sur elle-même.

Ils formèrent un demi-cercle autour d'elle. Leurs visages se détachaient en noir sur le fond de lueur orange venue de la rue. Des nuages de givre dessinaient des auréoles au-dessus de leurs têtes. Elle trouva qu'ils ressemblaient à des anges.

Le petit parla le premier.

— Hé, c'est quoi ça?

Le discret ne dit rien.

Le petit jeta un regard au type amer.

— C'est un être humain?

— Un tas d'os, répondit le type amer. Une vieille teigne décharnée.

Le petit secoua la tête d'un air triste.

Le discret sourit au mur de brique derrière elle.

Assise par terre, elle frissonna. Elle avait l'impression de les voir grandir. Plus elle les regardait, plus ils grandissaient. Les yeux fixés sur le fond de l'impasse, ils grandissaient. Elle n'aurait pas dû errer à l'aventure. Elle se déplaçait sans cesse. Elle avait besoin d'un verre. Elle n'avait bu que du cidre toute la soirée, et elle avait bien besoin d'un verre, et elle savait qu'elle n'aurait pas dû errer à l'aventure.

— Comment tu t'appelles?

Ses yeux se posèrent sur le petit. Il avait une voix très grave pour un homme aussi petit. Il s'exprimait très lentement et très distinctement. Les petits sont toujours les pires.

— Mary, répondit-elle.
— Mary comment?
— Mary de Liverpool.
Elle avait un sac en plastique de chaque côté. Sur ses genoux était posé un fourre-tout; elle le serra dans ses bras.
— C'est dommage pour toi, Mary, dit le petit en poussant un des sacs en plastique du bout de sa botte. On n'aime pas les gens de Liverpool par ici.
— Ce sont des porcs.
— Des voleurs.
— Des bons à rien.
— Des parasites.
— Ils crachent sur nos trottoirs.
— Ils chient dans nos jardins.
— On ne les aime pas, Mary.
— On les déteste, Mary.
Le type amer se pencha pour lui arracher le fourre-tout des genoux.
— C'est un délit de laisser des ordures dans la rue.
Il ouvrit la fermeture Eclair et jeta un coup d'œil à l'intérieur.
— C'est interdit par arrêté municipal.
Il renversa le sac pour vider son contenu.
— Bienvenue à Brighton.
Le petit sourit. Mary était contente d'avoir fait rire quelqu'un. Elle adressa un sourire édenté à la nuit.
— A mon avis, c'est une attardée, dit le type amer.
— Une débile mentale, confirma le petit.
— Je me suis fait une mongolienne un jour.
— Ça lui a plu?
— Elle ne me l'a pas dit.
Le petit alluma un cigarillo avec un briquet en plaqué or. Il approcha la flamme du visage de la vieille femme. Ses yeux étaient opaques. Elle avait des yeux opaques, déficients et laiteux. Un bout de ruban vert était noué dans ses cheveux.
— Tu as envie d'elle?

— Mon chien n'en voudrait pas.

Le type amer la regarda avec amertume. Elle était laide, et il avait horreur des femmes laides.

— Elle sent mauvais, dit-il.

Le petit acquiesça.

— Elle pue.

Le discret s'exprima enfin.

— Elle empeste carrément.

Le type amer appuya la semelle de sa chaussure sur la joue de la femme et lui aplatit le visage contre le mur de briques humide. Ils rirent en le voyant faire. On ne pouvait pas s'empêcher de rire, elle avait l'air si risible. Ses joues s'écrasèrent entre la chaussure et le mur.

— Espèce de sale truie, dit le petit.

On ne pouvait vraiment pas s'empêcher de rire. Même le type amer fut obligé de rire. Il ôta son pied du visage de la femme et frotta sa chaussure sur le sol comme s'il avait marché dans quelque chose d'immonde. Il ne savait pas encore ce qu'il allait lui faire, mais il savait qu'il ferait quelque chose.

— Je crois qu'on devrait l'emmener se promener, dit-il.

Il saisit la vieille femme par les cheveux. C'était un homme jeune et fort. Et pourtant, il ne tirait pas de toutes ses forces. Une touffe de cheveux s'arracha du cuir chevelu luisant ; il avait à ses pieds une créature décrépite, un cadavre vivant en décomposition. Le type discret, qui avait l'estomac fragile, détourna discrètement le regard.

La vieille leva ses yeux laiteux vers le type amer. Un petit son s'échappa de sa bouche.

— Tu as dit quelque chose ? demanda-t-il. J'ai cru entendre quelque chose.

Il jeta un regard au petit, avant de revenir sur la vieille.

— Je crois qu'elle m'a insulté.

Le sommet du crâne saignait, bien qu'on ne vît pas très bien dans le noir.

— Elle m'a insulté ? demanda le type amer au discret.

Ce dernier ne répondit pas.

— Oui, elle t'a insulté, dit le petit.

Le type amer secoua la tête.

— Une femme qui parle comme un charretier.

Le petit acquiesça.

— Ce n'est pas une dame.

— Une femme qui n'est pas une dame est une honte pour son sexe, déclara le type amer.

Le petit cracha la fumée de son cigare dans la nuit.

— Une femme qui n'est pas une dame, dit-il, a besoin de leçons de maintien.

Le type amer se pencha pour lui murmurer à l'oreille.

— On va te donner quelques leçons. Allez, on retourne à l'école.

Il prit plaisir à la voir reculer devant lui. Il prit plaisir à voir ses doigts se refermer sur le vide et sa bouche concave trembler. Il prit plaisir à la voir ramper, mais il lui en voulait d'avoir peur.

— Il faut l'éduquer.

— Si personne ne l'éduque, elle n'apprendra jamais.

— Elle a besoin d'un choc bref et violent.

— Ou d'une grande et grosse queue.

— Je te plais, grand-mère ?

Elle secoua la tête.

— Je parie qu'elle a déjà quelqu'un.

— Une loque de Norfolk Square.

— C'est vrai, grand-mère ? Tu couches avec un clodo ?

De la salive coulait de la mâchoire pendante.

— Et si on matait le cul de grand-mère ?

Ils se regardèrent.

— Faut passer à travers les toiles d'araignée.

— La poussière des ans.

— Une petite inspection générale.

— Pour avoir une idée.

— S'il vous plaît...

— Elle a encore dit une grossièreté ?

— Oui.
— C'est une élève difficile.
— Elle va nous poser des problèmes.
— Non, s'il vous plaît...
— Quoi ? demanda le type amer. On est libres de faire ce qui nous plaît. Nous sommes de la police. (Il sourit à ses amis.) Nous représentons la loi.

Il lui assena un coup de poing sur la tempe.
— Et ça, c'est le bras de la justice.

Le gémissement qu'elle laissa échapper remplit toute l'impasse. Il s'enfla et retomba. Il plongea et chancela comme un roseau dans le vent. Mamaaaaan ! Un son étrange, animal, qui les fit frissonner.

Le discret ricana.

Le petit fit tomber la cendre de son cigare d'une pichenette.

Le type amer la souleva par les coudes. Il plaqua sa main sur sa bouche ouverte.
— Elle réclame sa mère.

Elle était tout en os. Peau, os et mauvaises odeurs. Il ne comprenait pas comment des gens pouvaient en arriver là. C'était bien fait pour eux s'ils en arrivaient là. Il relâcha son étreinte et laissa retomber la vieille .

Le discret contempla ses chaussures tandis qu'elle s'affaissait comme un sac vide. Le petit se baissa pour la rasseoir.
— Nous voulons juste t'examiner, dit-il. On veut s'assurer qu'il ne te manque rien.

Le type amer acquiesça.
— On veut s'assurer que tu n'as pas de poux.
— C'est dans ton intérêt, dit le petit. (Il la prit par les épaules.) Un jour tu nous remercieras.
— Tu vas aimer ça, Mary, dit le type amer. (Il enfonça ses mains dans ses poches en adressant un grand sourire à ses amis.) Tu verras.

Elle portait plusieurs couches de vêtements. Ses vêtements se superposaient. Elle avait adopté le look superposé depuis des années déjà. Ils lui ôtèrent toutes ses couches de vêtements, ne lui laissent que ses sous-vêtements. Le type amer la regardait trembler dans l'impasse. Elle n'avait pas de formes. Elle était informe. Une masse informe. Une masse aux jambes arquées, arthritique et informe.

— Le tricot de corps, dit-il.

Le discret murmura quelque chose.

Le type amer se tourna vers lui.

— Si tu veux qu'on arrête, on arrête.

Le discret haussa les épaules.

— Tu veux qu'on arrête?

Le discret regarda le type amer. Le petit sourit au discret.

— On arrête si tu veux. Tu veux qu'on arrête?

Le discret dévisagea la vieille.

— Continuez, dit-il.

Le petit fit passer le tricot de corps par-dessus la tête de la vieille. Elle se mit à pleurer. Ils regardèrent les seins qui pendaient jusqu'à la taille. Ses seins asséchés et pendants de vieille femme. Ils étaient obligés de rire. Ils ne pouvaient pas s'en empêcher. Ils étaient obligés de rire. Elle était là devant eux, en culotte, avec son cuir chevelu qui saignait, pleurant tandis qu'ils riaient, dans une impasse.

— Caresse-la, dit le type amer.

— Vas-y, toi.

Il posa sa main sur la peau fripée du ventre; elle fronça sous ses doigts. De la peau parcheminée qui lui donna envie de vomir. Du pouce, il fit ballotter un sein. Elle sentait la pisse.

— Elle a des verrues, dit-il.

Sa tête était sur le point d'éclater. Il ne supportait pas de la voir. Son odeur était encore pire que son aspect. Sa présence était encore pire que son odeur. Elle faisait battre ses tempes. Elle le rendait fou. Cette vieille bique flapie le rendait fou. Elle n'aurait pas dû s'installer au fond de la ruelle. Elle n'aurait pas dû le laisser la découvrir. Elle n'aurait pas dû être aussi faible. Elle n'aurait pas dû exister tout simplement.

— Ce sont les sorcières qui ont des verrues, dit le petit.

Le type amer la tenait par les coudes. Elle ne pesait rien du tout. Il approcha son visage du sien.

— Tu veux que je te dise une chose, Mary? (Il fit courir son doigt sous son menton.) Tu as de la barbe.

— Tu ne prends pas soin de toi.

— Tu te laisses aller.

— Tous les soirs, Mary, dit le type amer, il faut te laver, te tonifier, t'hydrater.

— Si tu veux avoir la peau douce.

— Une peau qui soit lisse au toucher.

— Une peau souple.

Le cuir chevelu qui n'était pas ouvert luisait à travers les touffes de cheveux restantes. Elle regarda les trois hommes en clignant les yeux. Ce n'était pas nouveau pour elle, ce qui lui arrivait. Ce n'était pas une nouveauté. Une première. Parfois elle passait des nuits tranquilles, parfois non. Elle avait déjà connu ça. On lui avait déjà fait des choses. Elle n'aurait pas dû errer à l'aventure. Ils ne l'auraient jamais trouvée si elle n'avait pas bougé.

— Je crois, déclara le type amer, que nous sommes confrontés à un problème d'environnement.

Il la tenait serrée. Elle n'était que faiblesse et putréfaction. Elle était puanteur et déchéance. Mieux valait qu'elle meure.

— Je crois, ajouta-t-il, qu'il faut veiller à la propreté de l'Angleterre.

Il plaqua sa main sur son menton. De la salive coula sur ses doigts. Il voulait que ses copains l'arrêtent. Il voulait qu'ils l'obligent à la lâcher. Ce n'était pas sa faute. Il savait que ce n'était pas sa faute. S'il y avait une fautive, c'était certainement la vieille.

— Qu'est-ce qu'on fait maintenant? demanda le discret.

Le type amer la sentit trembler. Ça le faisait bander, la façon dont elle tremblait. Que faire d'elle? Que ne pas faire ? Il devait faire quelque chose. Il devait faire quelque chose rapidement. Il devait faire quelque chose rapidement pour se débarrasser de cette puanteur.

— Brûlons-la.

Le petit retint son souffle.

Le discret se fit très discret.

— Brûlons la sorcière, dit le type amer.

Il l'avait saisie à la gorge. Il lui suffisait de serrer pour sentir sa trachée se briser. Sa fragilité le dégoûtait. Il la haïssait plus qu'il n'avait jamais haï personne.

Parfois, il vous vient des pensées, mais vous ne les formulez pas. Ce sont des pensées si horribles que vous ne pouvez même pas croire qu'elles viennent de vous. Vous croyez que personne d'autre ne peut avoir de telles pensées, alors vous les gardez pour vous. Vous conservez vos pensées ignobles dans un coin de votre tête, en un petit tas d'excréments méditatifs.

Mais une nuit, par une nuit froide et claire de février, avec votre main serrée sur cette gorge et le cerveau en ébullition, vous prenez une des pensées dans le tas. Vous exprimez vos pensées secrètes, et curieusement, elles n'ont plus l'air aussi ignobles quand vous les formulez à voix haute. Brûlons-la, dites-vous. Ces mots sonnent juste au fond d'une ruelle.

Brûlons-la, pensez-vous, et vous le dites à voix haute. Et une fois que vous l'avez dit, vous êtes obligé de le faire. Brûlons-la. Ça ne semble plus aussi ignoble quand vous le dites. Il y a presque quelque chose de sain là-dedans, quand on y réfléchit.

Le petit, le type amer et le discret se regardèrent. Puis ils observèrent la vieille. Ils allaient rigoler un bon coup. Ils n'avaient pas l'intention de mal faire, ni de commettre un délit. Ils voulaient juste la voir brûler. Ils voulaient juste tester son taux d'inflammabilité. Ils voulaient juste l'entendre grésiller. Ils voulaient juste la faire frire comme une rissole. C'était une clocharde, alors elle allait brûler. Ça arrive parfois.

Le type amer avait un journal rose, le *Financial Times*, qu'il déchira en bandes inégales.

Il lui fourra des fragments de prose châtiée dans la bouche, sous les bras, et derrière les oreilles. Il fit des papillotes avec les colonnes de fonds communs de placement et les mit dans ses cheveux. Il déchira l'éditorial à coups de dents et laissa tomber les morceaux sur ses genoux. Il déposa des boulettes d'offres d'emplois dans ses mains jointes. Il s'empara du carton dans lequel elle s'apprêtait à dormir, le fendit sur les côtés et disposa les morceaux humides autour d'elle, à la manière d'un petit bûcher funéraire.

— Tu es superbe, dit-il. Tu auras ton nom dans le journal, dit-il. C'est chouette, ça.

Les deux autres le regardaient faire. Ils pensaient que ça changeait quelque chose, s'ils se contentaient de regarder. Ils voulaient qu'il allume la mèche, qu'il la propulse dans l'oubli. Ils voulaient qu'il arrête. Ils avaient envie de quitter la ruelle en courant, mais pas avant de l'avoir vue roussir. Ils avaient envie qu'il le fasse à leur place, qu'il enflamme l'allumette et la jette aux pieds de la vieille. De toute façon, elle ne comptait pas. C'était un élément improductif dont la souffrance leur apporterait du plaisir.

Le petit versa le contenu de sa flasque sur sa tête. Elle lécha le pourtour de ses lèvres.

— Tu es poussière et tu retourneras en poussière, déclara le discret.

— Allume le barbecue, dit le type amer.

Il se sentait si bien. Il était dur comme un roc, et c'était si bon. Il déboutonna sa braguette.

— Regarde, dit-il. Regarde ça une dernière fois. Profites-en bien une dernière fois.

Les yeux fermés, elle se balança sur le côté. Des morceaux de journal tombèrent sur le sol.

On ne pouvait s'empêcher de rire.

Le discret tendit au type amer une boîte d'allumettes. Le petit la lui prit.

— C'est moi qui vais le faire, dit-il. J'en ai envie.

Le type amer sourit au petit. Il l'aimait comme un frère. Voyant ce sourire, le discret voulut le partager.

La vieille vit ce sourire, elle aussi. Elle vit les allumettes dans la main du petit. Elle vit le soleil étincelant le dévorer. Une lumière aveuglante éclaira son visage.

Ils la regardaient, blanche et presque nue, avec des morceaux de journal dans la bouche. Soudain, ils entendirent un grognement étouffé et rauque s'avancer à pas feutrés dans la ruelle. Ils se retournèrent et virent deux yeux brillants remonter la ruelle en rampant. Le métal scintillait dans la lumière orange. Le lampadaire déversait des étoiles sur un toit poli. La silhouette indistincte se transforma en un coupé deux places. Il roulait en plein milieu, bloquant le passage.

C'est ça le truc avec une Mercedes. Elle avance vers les gens en ronronnant. Elle s'approche dans leur dos en ronronnant. C'est une voiture très sournoise.

Elle s'arrêta à quatre mètres d'eux environ. Le moteur bien huilé murmurait à peine. Ils ne voyaient pas le conducteur. Le pare-brise était noir comme de l'encre derrière les phares halogènes. Ils écoutaient le moteur continental. Mary resta assise derrière eux. Appuyée contre le mur, les seins sur le ventre, la culotte pleine de pisse, elle écoutait le murmure du moteur fabriqué en Allemagne.

Les phares s'éteignirent. Ils distinguèrent la silhouette du conducteur à l'intérieur. Ils ne voulaient pas bouger avant d'y être obligés. Le plafonnier s'alluma. Ils découvrirent une femme derrière le volant. Elle abaissa le miroir du pare-soleil pour arranger sa coiffure. Cette salope. Cette salope qui venait les déranger. Ils échangèrent un grand sourire. Ils adressèrent un grand sourire à la conductrice. Tant qu'elle ne reculait pas jusqu'à l'entrée de la ruelle, ils n'avaient rien à craindre. Tant qu'elle n'allait pas chercher du secours, tout allait bien. Si elle descendait de voiture, ils n'avaient pas à s'en faire.

Quatre paires d'yeux regardèrent la femme descendre et jeter un pesant sac à main sur son épaule. Elle laissa tourner le moteur.

— Tu te joins à nous? demanda le type amer.

— On organise une petite fête, ajouta le petit.

— Plus on est de fous, plus on rit.

Mary se mit à pleurer.

La femme au sac à main avait laissé la portière ouverte. Elle descendit de voiture en laissant la portière ouverte derrière elle. La femme au sac à main avait bloqué sa propre retraite. En cas de fuite précipitée, elle devrait faire le tour de la voiture. Et elle n'aurait pas le temps de faire le tour de la voiture si jamais elle devait fuir précipitamment. Ils l'avaient tous compris. C'était évident, et ils l'avaient tous compris. Même Mary l'avait compris, et elle se mit à pleurer.

XVIII

Le petit s'avança lentement vers la Mercedes.

— Tu ne devrais pas traîner dehors à cette heure, dit-il.

— Pourquoi ?

— Tu pourrais faire de mauvaises rencontres.

Elle sourit dans le noir.

— Vous aussi.

Il s'arrêta à un mètre d'elle environ.

— Je pensais que tu aurais fichu le camp pendant que c'était encore possible, dit-il.

— Vraiment ?

— Oui.

Elle le regarda. Il était très petit. Plus l'homme est petit, plus grand est son ego. Elle l'avait souvent constaté. Tout le monde l'a constaté. Inutile d'être un génie. Elle n'a rien contre les hommes petits. Pas spécialement. Pas particulièrement. A moins qu'ils pensent qu'ils vont la posséder. S'ils pensent qu'ils vont la posséder, si leur tête devient trop grosse pour leur petite casquette, s'ils pensent qu'ils vont grimper sur un cageot d'oranges pour posséder une Bella, ça lui hérisse le poil. Ce toupet. Ce culot aveugle.

Ça lui donne envie de les écrabouiller. Ça lui donne envie de les piétiner. De leur marcher dessus. De les écraser sur le trottoir. Mais à part ça, à part ce qu'elle a envie de leur faire quand ils veulent la posséder, ils ne la gênent pas. On ne peut pas dire qu'elle les aime, mais ils ne la gênent pas. Seulement, ils ne doivent pas se dire qu'ils vont la posséder. Ils ne doivent pas s'avancer vers elle dans une ruelle, en arborant ce sourire satisfait de petit homme.

Elle le regarda, lui, le petit homme.

— Qu'est-ce que vous faites ici?

— On rend une petite visite à la grand-mère.

Il avait une voix très grave, pour un homme aussi petit.

Il lorgnait la voiture.

— Jolie bagnole, dit-il. Tu l'as depuis longtemps?

— Pas très.

— Elle est à ton mec?

— Non, c'est la mienne.

— Tu dois bien gagner ta vie.

— Je me débrouille.

— Dans quoi tu bosses?

— L'enlèvement des ordures.

— Sale boulot pour une femme.

— Là où il y a de la merde, il y a du fric.

— Tu n'hésites pas à te salir les mains, hein?

— Une fille est obligée de faire ce qu'elle à faire.

Elle aperçut les allumettes dans sa paume.

— Qu'est-ce que vous faites?

Elle n'aime pas se répéter.

— On a une petite discussion en privé, dit-il. Comme un bavardage entre femmes, mais entre hommes. A mon avis, ça ne t'intéresse pas.

— Ne vous dérangez pas pour moi.

— Pas de danger.

Il frotta une allumette contre la boîte. Une flamme bleue jaillit. Le vent l'éteignit. Elle apprécia cette flamme. Cela la fit réfléchir. Elle a toujours aimé l'odeur de brûlé. Elle aime les feux de feuilles mortes dans le square. Elle n'a rien contre un incendie criminel.

Mais mettre le feu à des êtres humains, faire brûler des

gens qui vivent et respirent, transformer des gens en tas de cendre ?

Elle le regarda tripoter la boîte d'allumettes.

— Vous ne devriez pas jouer avec le feu, dit-elle.

— Vous parlez trop.

— Qui joue avec le feu risque de se brûler.

— Vous pensez qu'on mijote quelque chose, j'ai l'impression.

— Je crois que vous allez faire cramer votre mémé.

Le petit sourit et se retourna vers ses amis.

— Elle nous prend pour d'affreux voyous.

— Ça ressemble fort à de la diffamation, dit le type amer.

— C'est outrageant, ajouta le discret.

Ils rejoignirent leur camarade. Ils étaient trois dans la ruelle. Elle était seule. Ils la jaugèrent du regard. Elle paraissait fragile. Elle avait un aspect fragile, quand on la regardait attentivement.

— Votre pénis pend dehors, dit-elle au type amer.

— Erreur, il jaillit.

— Il est temps de le ranger, dit-elle. Et d'arrêter de faire joujou.

Il se rapprocha.

— On t'a déjà pénétrée, demanda-t-il poliment, par-derrière ?

Elle les regarda qui la regardaient. Ils étaient trois dans la ruelle, et elle était seule. Trois hommes jeunes et robustes. Trois mousquetaires. Trois jeunes types téméraires. Trois de trop. Trois lemmings. Trois petits agneaux. Trois martyrs de sa cause.

Elle glissa sa main dans son sac. Ses doigts se refermèrent sur le pistolet. Elle le serra doucement. Elle tenait le pistolet à l'intérieur de son sac. Elle réchauffait le métal. Elle tenait le pistolet, elle les regardait et sentait gonfler son courage.

C'est le moment. C'est le moment ou jamais. Son doigt caressa la détente. Son doigt se posa sur la détente. Serait-elle trop dur pour elle ? Non, certainement pas.

C'était impossible. La vie est souvent cruelle, mais il existe des satisfactions. Une des satisfactions de la vie, c'est que la détente d'une arme n'est jamais trop dure.

— Hé, elle a un pistolet d'alarme, dit le petit. Elle va tirer avec une saloperie de pistolet d'alarme.

— Personne ne se déplace jamais, répondit le type amer. Tout le monde s'en fout. Personne ne l'entendra.

— Je sais, dit-elle.

C'était tellement désert par ici. C'était un endroit tellement sinistre, vide et désert, par ici. Près des entrepôts, derrière la gare, loin des lumières éclatantes du bord de mer. Personne n'avait envie de traîner par ici. Ne vous aventurez jamais dans une ruelle par ici. Vous ne savez jamais qui peut surgir dans votre dos.

Elle avait la main dans son sac, et le pistolet dans la main. Ne crains rien. Place ta confiance dans ton épée, et enfonce ton épée dans le corps de ton ennemi. C'était un moment si doux. Elle avait envie de prolonger ce moment. Elle avait envie de savourer la douceur de ce moment si doux.

— Couche-toi sur le capot, ordonna le type amer.

— Et que ça saute! ajouta le discret.

Le petit écrasa son cigare sous son talon.

— Trois types de la ville pour toi toute seule.

Elle leva les yeux vers le ciel noir. Elle ignorait qu'on pouvait se sentir aussi plein de vie. Elle était ivre de vie. Elle avait envie de le leur dire. Elle avait envie de les remercier. Elle avait envie de les bénir. Elle récita une prière muette : pour tout ce qu'ils allaient recevoir, que le Seigneur la remplisse de reconnaissance.

La suite ressembla à du cinéma. Un film en cinémascope. Il y avait là un potentiel cinématographique indéniable. Le petit s'avança vers elle et se saisit de la lanière de son sac à main. Il voulait le lui arracher, il voulait lui arracher son sac pour pouvoir la coucher de force sur le capot. Elle vit sa main sur la lanière du sac. Elle le regarda bouger. Elle suivit ses gestes. Des gestes au ralenti, dans un film au ralenti. C'était du Peckinpah, sans la poussière.

Il avait la main sur la lanière. Il voulait lui arracher son sac. La lueur du petit homme brillait dans ses yeux. Cette lueur triomphante du petit homme sur le point de prouver qu'il n'est pas si petit que ça, finalement. Il allait la posséder. Il allait la posséder sur le capot de la voiture de son mari.

— A toi de jouer, mon salaud.

Elle le regarda au fond des yeux. Il arborait un sourire. Il avait la main sur la lanière. Une petite main lisse sur la lanière de son sac. Elle le regarda au fond des yeux tandis qu'il tirait sur la lanière de son sac. Elle le regarda au fond des yeux, elle vit son sourire et ressentit la brûlure familière.

Elle sortit le pistolet. Elle retira le pistolet de son sac. Elle tenait le pistolet dans sa main innocente. Elle appuya le canon contre le ventre du petit. Elle l'appuya contre ce ventre doux comme celui d'un bébé.

Il la sentit qui appuyait sur son ventre. Il la sentit qui essayait de le repousser. Elle enfonçait ce qu'il prenait pour son doigt de salope dans la peau douce de son ventre. Il lui arracha son sac. Il le laissa tomber par terre. Sans cesser de sourire.

Il posséderait cette salope. Il allait la posséder. Il la posséderait le premier, avant les autres. Il l'obligerait à se pencher en avant. Il l'obligerait à se pencher sur le capot. Il l'y coucherait et ensuite, il la sodomiserait. Cette salope bêcheuse. Cette sale petite pute bêcheuse qui se croyait trop bien pour lui. Lorsqu'il en aurait fini avec elle, elle aurait changé d'avis. Elle saurait qu'elle n'était pas trop bien pour lui. Elle saurait qu'elle n'était trop bien pour personne.

Mais elle continuait à appuyer sur son ventre. Elle enfonçait son doigt dans son ventre. On aurait dit une sorte de tringle, un morceau de tuyau froid. Il baissa les yeux et découvrit ce qu'elle enfonçait dans son ventre.

Peut-être fit-il « Oh ». Peut-être fit-il « Ah ». Dans les deux cas, le vent couvrit sa voix. Ils étaient si près l'un de l'autre. C'en était indécent. Son doigt sur la détente, le canon enfoncé dans son ventre.

Elle accorda au petit une ou deux secondes. Une ou deux secondes pour lui laisser le temps de relever la tête. Elle le laissa relever la tête et croiser son regard. Ils se dévisagèrent, le petit homme et la femme immobile. Ils échangèrent un regard entendu. Un regard étonné devant la tournure que prenaient les événements. Le chasseur devenu proie. La proie devenue chasseur. Le bourreau condamné. Le condamné bourreau. Toute la prise de conscience contenue dans ce regard.

Elle lui accorda une seconde, ou deux, ou trois, avant de lui offrir la damnation éternelle. Un petit instant pour se préparer. Pour se ceindre les reins. Pour redresser les épaules. Pour sauver son âme.

– Alors, qu'est-ce que tu attends? lança le type amer.

Il n'avait certainement pas vu ce qu'elle tenait dans la main.

– D'accord, répondit-elle.

Elle pressa la détente. Une légère pression. Elle ne pouvait pas le manquer. Pas à cette distance. Avec le canon appuyé contre son ventre. Il paraît qu'on manque toujours sa première cible. Elle ne la manqua pas. C'était sa première cible, mais elle ne la manqua pas.

Quelle chose d'humide et de chaud l'aspergea; le petit homme leva les bras, il donna l'impression de basculer vers l'avant, puis il se jeta en arrière brutalement, tournoya et tomba sur le sol.

Elle n'entendit pas la détonation. Il y avait forcément eu une détonation, mais elle ne l'avait pas entendue. Une tache sombre s'étalait sur le devant de la chemise. S'il avait porté une chemise de couleur, la tache aurait paru moins sombre. Couché par terre, il se convulsait. Un jour, elle avait vu un chat noir se faire écraser par une voiture. Un chat malchanceux. Lui aussi se convulsait de cette façon. Le conducteur ne s'était pas arrêté.

Le type amer fixait le corps de son ami sur le sol. Le discret fixait le pistolet. Le premier commença à reculer dans la ruelle. Il recula à pas lents dans la ruelle, pour s'éloigner d'elle, vers la vieille femme qui avait du papier journal dans les cheveux. Le discret ne bougea pas.

Elle posa son regard sur le petit. Il avait les yeux écarquillés. Sa jambe était agitée de spasmes.

— Dois-je l'achever ? demanda-t-elle au discret. (Elle se tourna vers lui.) Dois-je avoir pitié de votre collègue ?

Le discret secouait la tête. Il continua à secouer la tête. Il ne bougea pas, mais il ouvrit la bouche et secoua la tête.

— L'idée ne venait pas de moi. Je n'y suis pour rien. Je n'aurais rien fait. Ils m'ont obligé. Je ne voulais pas. Je n'ai pas...

Elle fit un gros trou dans la tête du petit.

Cette fois, elle entendit la détonation.

Elle se retourna vers le discret. Il tremblait. Il tremblait de peur, comme elle autrefois. Les yeux écarquillés de terreur. Les yeux exorbités par l'effroi. Ça l'exaspérait de le voir trembler.

— Ne me faites pas de mal, dit-il, attendrissant, cajoleur. (Le pyromane à la voix douce qui demande grâce. Suppliant. Implorant.) Je ne suis pas comme eux. Je n'ai rien fait. Ne tirez pas. Ne me faites pas de mal.

Il désigna son meilleur ami si amer.

— Tuez-le, mais pas moi.

Il tendait sa main devant lui, comme si une main pouvait le protéger. Il mettait sa main devant lui, paume ouverte, doigts écartés.

— Je n'ai rien fait, répéta-t-il. Je suis de votre côté.

Cette fois, elle prit son temps. La cible était juste dans l'axe. Elle l'interrompit en plein hurlement, juste sous sa pomme d'Adam, qui n'était pas très proéminente... Il tomba à genoux. Elle avait cru qu'il basculerait, mais non. Il se contenta de tomber à genoux. Elle se rapprocha. Il avait grand besoin d'une trachéotomie.

— Tu sais flanquer des corrections, mais tu ne sais pas en recevoir, dit-elle. Tu donnes, mais tu ne reçois pas.

Elle tira dans la poitrine, là où aurait dû se trouver le cœur.

Quatre balles tirées. Il en restait deux. Le moteur tournait toujours. Un doux ronronnement. Ils s'y connaissent pour construire des moteurs, les Boches. Il faut le reconnaître. Ils sont doués pour construire des voitures. Malgré tout, elle aurait préféré une Jaguar. Elle aimait acheter anglais.

En appuyant sur la détente, elle s'aperçut qu'une seule main lui suffisait. Elle pensait devoir utiliser les deux, mais ce ne fut pas nécessaire. Il n'y avait presque pas de recul. Le canon se cabrait à peine.

Le type amer était recroquevillé auprès de la vieille. Elle s'avança vers lui. Il avait des traces de vomi sur le menton. Il frottait ses jointures sur le bitume. Elle se planta devant lui, l'arme pointée.

— Puis il n'en resta qu'un.

La vieille avait enlacé le type amer. Elle se mit à le bercer. Elle plaqua le visage de l'homme contre ses lèvres et embrassa sa joue duveteuse.

Bella pointa le canon entre ses yeux.

— Debout, dit-elle.

— Oblige-moi à me lever.

— Ecarte-toi d'elle et lève-toi.

— Va te faire foutre.

Il avait boutonné sa braguette. Il ne voulait pas mourir la braguette ouverte. Il ne voulait pas la supplier comme le discret. Il ne voulait pas recevoir une balle dans le ventre, comme le petit. Il voulait la regarder droit dans les yeux jusqu'au dernier moment. Il allait mourir, et il ne voulait pas mourir. Il maudit sa malchance. Il n'était pas amer pour rien.

— Allez, vas-y, dit-il.

— Je ne tire jamais sur un homme à terre.

— Fais-le tout de suite.

— Lève-toi.

— Tue-moi maintenant, salope.

— Grand-mère dit qu'il est temps de partir.

Il leva les yeux. Il lui fit un grand sourire. C'était un adorable voyou. Tout le monde le pensait. Un ange pervers. Il lui fit un grand sourire. C'était un séducteur. Tout le monde le pensait.

Si le pistolet avait été doté d'un chien, elle l'aurait armé. C'était le moment d'armer le chien. Elle aurait dû se procurer un revolver. Avec un revolver ç'aurait été mieux. Sur un pistolet automatique, il n'y a pas de chien à armer.

La vieille femme le caressait en lui murmurant des mots doux à l'oreille. Elle avait toujours rêvé d'avoir un enfant. Il regarda Bella reculer de quelques pas. Il n'avait pas envie de mourir. Il regarda l'œil noir immobile du canon et s'aperçut à quel point il avait peur de mourir.

— Debout, dit-elle.

Il la gratifia de son sourire espiègle. Très souvent, ça marchait.

— Si tu insistes, dit-il.

Il repoussa la vieille et se leva. La lumière jaune l'éclaira sous un angle différent, et ses yeux disparurent dans ses orbites noires. Une fois debout, il se sentit beaucoup mieux. Il avait oublié combien il aimait se tenir debout. Les choses qu'il préférait dans la vie, pisser et baiser, il les faisait toujours debout.

— J'ai des enfants, dit-il. Pense à mes enfants.

— C'est à toi d'y penser.

— Tu vas tuer leur père.

— Tu es trop jeune pour avoir des enfants. Trop jeune et trop avide, et beaucoup trop pressé.

— J'ai envie d'une cigarette.

— Vas-y.

Il glissa la main à l'intérieur de sa veste et en ressortit un étui à cigarettes en argent. Il coinça une cigarette bout filtre entre ses lèvres.

— Tu as du feu?

Elle rit sans bruit. Ce salopard avait du cran. C'était peut-être une ordure, mais il avait sa fierté. Dommage qu'elle soit obligée de l'éliminer. Enfin presque.

— Non, je n'ai jamais de feu.

— Laisse-moi partir, dit-il. Je te paierai si tu me laisses partir. J'ai de l'argent. (Il caressa le revers de sa veste Armani.) Beaucoup d'argent.

— Tu l'as sur toi ?

— Non, chez moi. J'ai beaucoup de liquide chez moi.

— Je n'accompagne plus les hommes jusqu'à leur appartement.

— Ce n'est pas un appartement. J'ai une maison.

— Tu avais une maison, plutôt. Tout comme tu avais une vie.

— On peut aller chercher l'argent.

— Qu'est-ce qui te fait croire que je veux de l'argent ?

— Tout le monde veut de l'argent.

— Tu ne sais pas ce que je veux.

— Qu'est-ce que tu veux ?

— Je veux que tu fermes les yeux et que tu penses à l'Angleterre.

— Je ne veux pas mourir.

C'était évident peut-être, mais il fallait que cela fût dit.

— Tu aurais dû y penser avant.

— Avant quoi ?

— Avant de pénétrer dans cette ruelle.

— J'ignorais que tu arriverais avec ton arme.

— Elle ignorait que vous arriveriez avec vos allumettes.

— C'est juste.

— Ravie de voir que tu es d'accord.

— Ravi que tu sois ravie, dit-il.

Et soudain, rugissant comme un taureau, il lui jeta l'étui à cigarette au visage et se jeta sur elle en agitant les poings.

Ce n'était pas un imbécile. Il fit la seule chose à faire quand on se retrouve face à une personne armée. On lui jette un objet au visage et on charge. Une technique de commando. C'était l'occasion ou jamais, et il sut la saisir. Il essaya. Il était du genre à essayer. On comprenait pourquoi il avait si bien réussi dans la finance.

Et donc, il se jeta sur elle en rugissant. C'est ce qu'il faut faire. Ça déconcerte celui qui tient l'arme.

Il n'avait qu'un mètre ou deux à franchir. Il lui suffisait de se jeter en avant d'une longueur de corps, et de faire sauter son pistolet. Ce n'était pas grand-chose pour lui. Mais elle n'avait qu'à presser sur la détente. Et, parfois, même pas grand-chose c'est encore trop.

Il se jeta sur elle en rugissant. Il rugit en fonçant sur Bella. Elle n'avait pas été dans les commandos. Elle n'avait pas suivi de cours d'arts martiaux. Mais il n'est pas nécessaire de s'entraîner pour apprendre à tuer. Elle possédait un don. Ça lui venait tout naturellement. C'était comme aspirer de l'air pur. Il suffisait de faire ce qu'il faut faire. C'était splendide.

Aussi, quand il se jeta sur elle, quand – intrépide, furieux et rugissant – il se jeta sur notre Bella si pure, elle crispa son doigt sur la détente. Instinctivement, pour se protéger, comme on le fait, elle crispa son doigt sur la détente.

Il hurla quand la balle déchira le haut de sa cuisse gauche. Emporté par son élan, il percuta Bella et tous les deux roulèrent sur le sol. Le pistolet ricocha jusque dans le caniveau.

Son hurlement fut beaucoup plus puissant que son rugissement. C'était un hurlement aigu et perçant, sur une seule note. Sans modulation comme le gémissement de la vieille. Il y avait un soupçon de révolte dans ce hurlement. Un soupçon d'indignation en songeant qu'une telle chose pouvait se produire dans une société bien ordonnée. Un soupçon d'incrédulité en songeant qu'une femme, une folle, une folle perverse, pouvait le juger, le condamner et enfoncer une balle dure dans sa peau tendre.

Elle se releva et examina ses mains éraflées. Elle se pencha pour ramasser le pistolet. Il devait mourir maintenant. Il faisait un vacarme à réveiller les morts. Elle devait l'achever maintenant, avant que des passants innocents et mollassons ne viennent voir ce qui se passait. Bien que cela fût peu probable, pas pour un cri. Des coups de feu pourraient les faire venir, mais pas un cri. Ils croiraient que les coups de feu n'étaient pas vraiment des coups de feu. Mais ils reconnaîtraient le cri. Ils penseraient qu'il s'agit d'un cri de viol, et un cri de viol ne fait venir personne.

Il tenait sa cuisse à deux mains. Il sanglotait en tenant sa cuisse ouverte à deux mains. Elle appuya le canon sur son menton. Avant de remonter jusqu'à sa tempe. Elle voulait être certaine. Elle ne voulait pas l'estropier, le mutiler et le laisser en vie. Elle ne voulait pas que ses impôts servent à le soigner durant les cinquante années à venir. Elle appuya le canon contre sa tempe.

C'était une belle façon de mourir. Une des meilleures. C'était la façon qu'elle choisirait le jour où elle devrait choisir. Elle appuya le canon sur la tempe du type amer et lui tira une balle dans le cerveau, chassant son amertume à tout jamais.

Cette fois, la détonation résonna. Elle emplit la ruelle, rebondit sur les murs et lui revint. Les détonations s'amplifiaient. On aurait pu croire qu'elles s'atténueraient, mais elles s'amplifiaient.

Elle regarda Mary. Mary la regarda. Elles se regardèrent dans le silence de la ruelle. La ruelle redevenue soudain silencieuse et calme.

La vieille femme haussa les épaules. Peut-être même sourit-elle. Elle commença à rassembler ses vêtements éparpillés. Elle remit toutes ses couches de vêtements. Elle enfila son tricot de corps, ses pulls et ses manteaux. Elle emmitoufla sa silhouette famélique jusqu'à ressembler à un champignon courtaud qui donnait l'impression de glisser sur le trottoir.

— Je suis désolée, dit Bella.

— Pour quoi ?

— Pour le bruit.

La vieille cracha.

— Quand c'est pas le bruit, c'est autre chose.

— Je comprends.

— J’étais venue ici pour passer une nuit tranquille.
Elle jeta un regard de reproche à sa libératrice.

— Puis ils sont arrivés.

— Ça n’a pas dû être drôle.

— Puis vous êtes arrivée.

— Je ne sais pas quoi vous dire.

La vieille femme contempla les trois hommes jeunes. Elle s’agenouilla auprès du type amer. Elle passa sa main sur son visage, lui ferma les yeux et souleva son poignet sans vie.

— Vous repartez? demanda-t-elle à Bella.

— Oui.

— A un de ces jours, alors.

— O.K.

La vieille ôta sa montre au type amer.

Bella repassa auprès du discret et enjamba le petit pour remonter en voiture. Elle balança le pistolet vide par la vitre et alluma les phares. La ruelle et ce qu’elle avait fait dans la ruelle lui apparurent brutalement. Elle enclencha la marche arrière et recula prudemment.

Mary et les corps rapetissèrent peu à peu. Les corps des mauvais garçons décrurent dans la lueur des phares. La voiture ressortit dans la rue. Bella contempla une dernière fois la ruelle, pour fixer cette image dans sa mémoire. Une scène hivernale figée. Elle regrettait de ne pas avoir apporté un appareil-photo. Mary et ses mauvais garçons. Mary et ses petits garçons. Mary et ses petits agneaux.

— [illegible] sont partis.

— Il a [illegible] ...

— [illegible] vous êtes arrivée ?

— Je ne sais pas [illegible].

L'[illegible] entre [illegible] trois hommes [illegible] de [illegible] avant. Elle [illegible] ses [illegible] vers [illegible] son [illegible].

— Vous repartez ? demanda-t-elle à [illegible].

— Oui.

— Après [illegible] alors.

— O.K.

L'[illegible] sa montre [illegible].

Bella [illegible] auprès du docteur et [illegible] le [illegible] pour [illegible]. Elle [illegible] le [illegible] par [illegible] les [illegible]. La [illegible] dans la [illegible]. Elle [illegible].

Henry et les [illegible] dans la [illegible] voiture [illegible] dans la rue. Bella [illegible] pour [illegible] dans sa [illegible]. [illegible] avait [illegible] un [illegible]. Henry et ses [illegible] ses [illegible]. Henry [illegible] petits [illegible].

XIX

Elle abandonna la voiture dans Madeira Drive, près du bassin des dauphins. Il était environ quatre heures du matin. Quelque chose comme ça. Le premier train ne partait pas avant six heures, ce qui lui laissait environ deux heures à tuer. La nuit noire était tombée sur Brighton.

Elle traversa l'esplanade, passa devant la station des autocars et s'arrêta à l'entrée de la jetée obscure, contemplant le Palais du Jeu. L'établissement était vide. Les guirlandes électriques étaient éteintes. Les crapules étaient reparties jusqu'au lendemain.

Elle descendit l'escalier de pierre le long de la digue, passa devant les rideaux de fer baissés des marchands de glaces et des boutiques de souvenirs. Elle avança au milieu des papiers gras qui jonchaient le chemin. C'est sa promenade d'adieu. Sa promenade d'adieu au bord de la mer.

Elle savait que ça lui manquerait, une fois partie. Même une plage aussi sale que celle de Brighton, même une mer aussi polluée que celle de Brighton tenaient une place dans son cœur. La Tamise, cette Tamise puante, ce doigt de vase infâme qui traverse Londres, serait une piètre consolation. Elle détestait la capitale. Tous ces gens, tout ce bruit, tous ces dingues en liberté. Ce n'était pas juste qu'elle soit obligée de partir. Mais il le fallait.

La mer aspirait et susurrait à ses côtés. Devant elle et sur sa gauche, la jetée Ouest perçait à travers un nuage de brouillard. Ses pas crissaient sur la plage. On avait éventré la jetée Ouest. Il fallait le faire, disait-on avant, qu'elle ne s'effondre. La jetée Ouest est sa jetée préférée. Sa jetée préférée depuis toujours. C'est la plus belle des jetées, une jetée sans égale. Il faut venir faire un tour sur la côte en février. Il faut faire un saut si vous avez un moment. Il faut voir la jetée Ouest comme elle doit être vue.

On ne nettoie plus les saletés que lâchent les mouettes, et la jetée se détache en blanc sur le fond de la grise mer anglaise. Elle est délaissée, abandonnée et ravagée, et on veut l'abattre. On dit qu'elle est dangereuse. On dit qu'elle choque le regard. On dit qu'elle porte atteinte au reste de la ville.

Des pygmées et des philistins.

C'est cette ville qui porte atteinte à la jetée. Bella sait tout cela. Bella possède des sensations. Bella possède un sens esthétique. Elle va quitter la jetée Ouest comme un autel, un lieu de pèlerinage, un lieu de culte éventré et envahi par les eaux. On devrait la laisser comme elle est. Elle vous coupe le souffle comme elle est. Elle vous brise le cœur.

Elle marcha le long du rivage. Il n'y a pas de sable sur la plage de Brighton. Si vous aimez les plages de sable, n'allez pas à Brighton. La plage de Brighton est couverte de galets. On ne marche pas sur la plage de Brighton, on crisse, on s'enfonce à chaque pas. Si vous avez envie d'avancer péniblement au milieu des galets, essayez donc de marcher sur la place de Brighton. C'est comme traverser un marécage sans boue. On peut avancer jusqu'à l'endroit où éclatent les vagues. C'est une sensation joyeuse et élémentaire, pour qui y est perméable. Elle l'aurait peut-être appréciée si elle avait été plus proche de la nature.

Elle marcha sur la plage de Brighton, la meilleure portion de la plage de Brighton, celle qui va d'une jetée à l'autre. Elle était seule sur la plage. Il était quatre heures du matin, environ, et elle était seule sur la plage. Elle s'aperçut à peine qu'elle était seule. Elle avait à peine conscience d'être seule. A la fin d'un week-end de février, dans les derniers instants d'une nuit dominicale, avec une jupe mi-longue et des chaussures à lacets, elle marchait seule sur la plage.

Les galets aspiraient ses pieds, la mer sanglotait à ses côtés, le vent mordant emplissait sa bouche. Elle était allée si loin, elle avait grimpé si haut qu'être seule n'avait plus d'importance. Qu'ils la voient sur la plage. Qu'ils essaient de l'approcher sur la plage. Qu'ils osent.

Bella est en paix avec elle-même et le monde. Elle a fait certaines choses, et maintenant elle va essayer d'oublier. Elle les a tous éliminés. Elle a saisi leur hypothèque. Elle leur a donné notification de congé. Ce n'est plus un agneau sur le billot du boucher. La peur permanente a disparu. Elle se promène seule, par une nuit de lune, et elle marche à grands pas au bord de la mer.

Elle marcha vers la jetée Ouest décharnée et éventrée, et à chaque pas, à chaque succion, à chaque crissement, elle en entendait un autre, en écho, en contrepoint. Voilà un phénomène qu'elle n'avait jamais constaté. La nature recommençait à lui jouer des tours. Elle avançait, et l'écho de ses pas la suivait. Elle s'arrêtait et l'écho s'arrêtait. Elle se retourna et vit une place déserte s'étendre jusqu'à Kemp Town. Elle repartit en direction de la jetée Ouest et le staccato d'une paire de bottes à bout en acier résonna au-dessus d'elle.

On appelle ça des rangers, ces bottes. Des bottes de combat. Des bottes de skinheads. Des Doc Marten. Des bottes du genre « Me faites pas chier ».

Elle s'arrêta pour lever les yeux vers le front de mer, et là, éclairé par une lune argentée, une capuche d'anorak sur la tête, prenant l'air à quatre heures du matin, les mains profondément enfoncées dans les poches de son pantalon, elle découvrit un homme d'âge indéterminé, mais à l'aspect athlétique.

Elle ne discernait pas son visage masqué par la capuche, mais elle voyait qu'il l'observait. Rien de nouveau sous le soleil, est-il écrit dans la Bible. Tout se répète. La boucle se ferme et recommence. Rien ne change jamais. Nul n'apprend jamais. Il l'observait. Elle se promenait seule et il l'observait. Elle frissonna sur la plage et il l'observait.

Elle releva le col de son manteau léger. Vraiment, ils n'auraient pas dû l'observer. Elle pensait qu'ils auraient enfin compris qu'ils ne devaient pas l'observer, vraiment.

Elle leva les yeux vers lui, sous sa capuche. Elle pouvait presque sentir la crasse qui lui collait à la peau. Il voulait la souiller. Il voulait la salir en la touchant. Il voulait la toucher avec sa crasse. Debout sur la plage, elle tremblait dans le vent.

Son visage était masqué par la capuche. Il ferait mieux de porter une cloche. Il ferait mieux de porter une cloche autour du cou. Il ressemblait à un lépreux du Moyen Age avec cette capuche ; il ferait mieux de porter une cloche. Ainsi, les gens sains, les gens bien portants, les gens dont la peau ne suppurait pas, pourraient l'entendre arriver et lui laisser quelque chose sur le trottoir.

Elle aurait pu lui laisser un petit tas de photos pornos, une mèche de poils pubiens, ou un truc en caoutchouc contre lequel il puisse se frotter. C'est ce qu'on faisait avec les lépreux, au Moyen Age. On laissait de la nourriture pour les nécessiteux, on leur donnait ce dont ils avaient besoin, on laissait les lépreux mener leur existence de lépreux, tant qu'ils n'oubliaient pas de porter leur cloche.

Elle se demanda ce qui les attirait. Elle se demanda pourquoi ils venaient tous se jeter dans sa flamme comme des mites. Quel besoin impérieux les poussait, tels des lemmings, à croiser son chemin. Quel parfum musqué s'échappait de son corps, quelle odeur annonciatrice de rut l'enveloppait d'un voile invisible.

Attention, elle ne se plaint pas. Ne vous méprenez pas. Elle ne prétend pas être rassasiée. Car, à vrai dire, pour être franc, elle en veut encore. Elle n'en a pas eu assez. Elle n'a pas brisé assez d'os. Elle n'a pas broyé assez de reins. Elle n'a pas tiré assez de balles, jubilation d'appuyer sur la détente.

Car une fois que vous commencez, une fois que vous commencez pour de bon, vous n'avez plus envie de vous arrêter. Vous devez rassasier un appétit que vous ne soupçonniez pas, et vous avez beau dévorer, vous vous apercevez que ce n'est jamais assez.

Vous ressentez une démangeaison. Une démangeaison affamée et furieuse, alors vous vous promenez au bord de la mer. Vous faites une balade au bord de la mer, en espérant rencontrer un lépreux. Vous faites une balade à quatre heures du matin parce que c'est votre dernière nuit à Brighton, et vous savez ce qu'on raconte au sujet des dernières nuits, où que ce soit. C'est comme la dernière représentation d'une pièce, vous devez donner le meilleur de vous-même. Vous marchez sur les galets, en espérant qu'un lépreux rôdera sur le front de mer.

Vous tournez le dos à la jetée Ouest toute blanche. Vous le regardez descendre l'escalier de pierre froid. Vous voyez l'anorak en nylon. Vous devinez le visage masqué sous la capuche du lépreux. Vous attendez qu'il descende de la dernière marche de pierre et pose le pied sur la plage de galets.

Et même si c'est ce que vous attendiez, vous éprouvez une peur ancienne. Même si c'est ce dont vous aviez besoin, vous sentez votre courage vous abandonner.

Car chaque fois que vous faites ça, à chaque fois, c'est vous seule contre le lépreux. Et un jour, le lépreux aura de la chance.

XX

Immobile sur la promenade, il la regardait en contrebas. Il voyait une silhouette sombre se détacher sur le fond blanc de la jetée Ouest. Il regarda d'un bout à l'autre de la plage déserte, d'un bout à l'autre de la promenade déserte, et il ricana intérieurement en descendant l'escalier de pierre le plus proche pour accéder à la plage de galets. Immobile sur les galets, les mains dans les poches, il regardait fixement la femme qui se détachait sur le fond blanc de la jetée Ouest.

Immobile au pied de l'escalier de pierre, il l'observait. Sa grande jupe gonflait sous un manteau léger. Peut-être s'agissait-il d'une étudiante. Il y avait quelque chose de studieux dans sa façon de rester plantée là. Il avait eu envie de posséder une étudiante. La jupe faciliterait les choses. L'inconvénient avec les jeans moulants, les jeans qui collaient aux formes de femmes, même si c'était chouette à voir, même si ça vous excitait tout de suite, c'est qu'il fallait ensuite les faire glisser sur des cuisses récalcitrantes, ce qui n'était pas toujours facile. Mais la jupe faciliterait grandement les choses. Avec une jupe, il suffisait de remonter et de passer en dessous. Ou de passer en dessous et de remonter. Il ricana intérieurement. Il était fier de lui.

Il regardait la jupe se gonfler. Il avait envie de s'enfouir dans cette jupe. Il avait envie de s'envelopper dans ses replis. Il avait envie d'y creuser un chemin souterrain jusqu'au trésor qu'elle renfermait. Il avait envie de se frayer un chemin en elle. Il avait envie d'entrer de force en elle. Il avait envie de la meurtrir et de la faire saigner. Il avait envie de lui faire mal. Il avait envie de lui faire très mal. Il avait envie de lui faire sauvagement mal. Il voulait lui montrer qu'elle ne devrait pas marcher sur la plage.

Ce n'était pas elle. Pas elle en tant que telle. Pas elle en tant que telle, qu'il allait éventrer. Il ne la haïssait pas, malgré ses efforts. Il n'en haïssait jamais aucune. Il ne les connaissait même pas. Il faisait leur connaissance par la suite. Le compte rendu dans les journaux. La vie qu'elles avaient menée. Les amis qu'elles avaient eus. Les choses qu'elles avaient faites. Souvent, il songeait qu'il aurait bien aimé les connaître davantage.

Ils ne parlaient jamais des blessures. Ils demeuraient très évasifs au sujet des blessures. C'était aussi bien, lui semblait-il. Il n'avait pas envie de savoir de quelle façon elles étaient mortes. Certaines choses, songeait-il, n'étaient pas bonnes à dire.

Généralement, elles essayaient de lui parler, les dames. (Il pensait toujours à elles comme à des dames.) Elles essayaient de lui faire savoir qu'elles avaient un nom. Ce souvenir le fit sourire. Toutes les astuces qu'employaient ces dames pour essayer de le dissuader.

Les brailleuses étaient les pires. Aucune maîtrise de soi. Aucune classe. La bouche rouge ouverte comme une bouche d'égout. Les ululements stridents. Le son aigu qui lui transperçait le cerveau. Ça le rendait fou, ce bruit. Il fallait qu'il les fasse taire.

Les mouilleuses étaient les meilleures. Elles faisaient sous elles, persuadées qu'il arrêterait, comme si une tache d'urine pouvait changer quelque chose. Certaines ne le faisaient pas toujours exprès quand ça arrivait. C'était à cause de la peur qu'il leur inspirait, les chéries. Il aimait les regarder faire pipi jusqu'à ce qu'elles se vident. Le jet fumant sur le trottoir tandis qu'il les regardait au fond des yeux. La honte qui se lisait sur leur visage jeune et frais. Il éprouvait une sorte de tendresse pour leurs vessies délicates et dilatées.

Il n'aimait pas les jacasseuses. Elles croyaient qu'en lui parlant, elles parviendraient à l'apprivoiser. Elles devaient le prendre pour un abruti, à entendre ce qu'elles lui disaient. Elles promettaient de le rencontrer dans la semaine. Elles promettaient de venir le voir dans son appartement. Il écoutait leur babillage mensonger, les mots qu'elles employaient pour s'en tirer. Inflexible, il écoutait leur bavardage sans rien dire. Il avait déjà entendu tout ça, leurs excuses en forme de supplication : les règles, les grossesses, les infections syphilitiques. Ce bavardage inutile le submergeait tandis qu'il les laissait jacasser.

Les boxeuses étaient les plus amusantes. Elles avaient pris quelques cours et croyaient que cela les protégerait. Elles le frappaient dans les tibias avec leurs chaussures pointues. Elles lui donnaient des coups avec un trousseau de clés. Elles espéraient l'envoyer au tapis avec leurs cours du soir de karaté. Il laissait pleuvoir les coups, leurs petits coups ridicules. Ça le faisait rire, leur manière de bouger. Cette manière de femme. Cette manière de femme, pataude et lourdaude. Ça le faisait rire.

Les coureuses étaient les plus intelligentes. A leur place, il aurait fait la même chose. Elles n'avaient aucune chance de s'échapper, mais au moins essayaient-elles. Les hanches d'une femme ne sont pas faites pour courir dans une rue sombre et déserte. Il adorait voir ses dames courir. Leurs petites jambes gainées de bas. Leur respiration haletante. Leur gémissement quand il les rattrapait. La chasse et la capture l'échauffaient, c'était toujours ça de gagné.

Il vit son étudiante pivoter sur ses talons et marcher vers la jetée. Il regarda la silhouette se diriger vers la blancheur de la jetée Ouest. Elle le désirait. Il savait qu'elle le désirait. Il le sentait à sa façon de se retourner et de marcher vers la jetée.

Il lui emboîta le pas, une vingtaine de mètres en arrière, alors qu'elle se dirigeait vers le dessous de la jetée. Il suivait les balancements de sa robe. Il voyait ses chaussures montantes à lacets se poser avec légèreté sur les galets. A voir la jupe, les chaussures et le mouvement de ses hanches, il savait qu'elle le désirait.

Il aimait assister aux enterrements. Cette gravité l'émouvait. Il essayait de glisser un mot aux parents. Une poignée de main brève et sobre pour le père. Une parole de réconfort murmurée à l'oreille de la mère. Un pas en arrière pour s'effacer et laisser les autres placer leur réplique. Nu-tête sous la pluie, il regardait ses dames reposer en paix : filles, sœurs, mères parfois. Les paroles châtiées, le chagrin du cimetière, les incantations sacerdotales. Souvent, il versait une larme ou deux.

Les galets crissaient sous ses pas tandis qu'il marchait vers la jetée Ouest. Il n'essayait pas de la rattraper. Il n'aurait su dire, à sa façon de bouger, à quelle catégorie elle appartenait. Brailleuses, boxeuses, jacasseuses, mouilleuses. Son entrejambe s'échauffait de plus en plus. Il était doué pour ce qu'il faisait. Il fallait le reconnaître.

Il avait aiguisé ses talents. Il les avait dégauchis.

Parfois, on disait que c'était lui, alors que ce n'était pas lui. On disait qu'il s'était rendu à Birmingham, une ville où il n'aurait jamais mis les pieds. Sans doute s'agissait-il d'une sorte de détraqué, un débile du coin qui avait possédé la fille avant de la saigner comme un cochon.

Toutes les feuilles de chou en avaient fait leur une. Ça le rendait fou. Il ne se sentait pas bien, cette semaine-là. Il était sorti avec de la fièvre pour faire ça vite fait bien fait. (La dame était une mouilleuse.) Il l'avait ouverte sur le devant. C'était leur faute. C'est eux qui l'avaient forcé à faire ça. Ils n'auraient jamais dû écrire ce qu'ils avaient écrit.

Il regarda son étudiante passer sous la jetée délabrée. Une boxeuse à en juger par son aspect. Savoir qu'il la suivait et passer malgré tout sous la jetée, il fallait que ce soit une boxeuse, à en juger par son aspect.

Elle s'immobilisa et attendit. Elle lui tournait même le dos. Elle espère me frapper dans le bas-ventre, songea-t-il. Elle cherche l'affrontement. Elle croit qu'elle va gagner. Il aimait ça quand elles l'affrontaient. Ça faisait gonfler son courage.

Il s'approcha dans son dos et murmura à son oreille :

— Tu prends combien, chérie?

Elle se retourna et leva les yeux. Elle était beaucoup plus petite qu'il n'y paraissait de loin. Elle avait un air fragile et misérable. Il ne pensait pas qu'elle serait si petite. Ça facilitait les choses, le fait qu'elle soit si petite. Sous l'enveloppe noircie des vestiges de la jetée, il se sentait si fort près d'elle. Il la regarda et sentit gonfler son courage.

Il découvrit son visage, éclairé par la lumière venue de la mer. Elle n'avait pas de capuche. Elle n'avait pas noué d'écharpe en soie autour de sa tête. Elle laissait ses cheveux flotter au vent. Il la contempla de toute sa hauteur, il contempla sa petite taille, sa faiblesse, et il sentit gonfler son courage.

— Combien tu prends, chérie?

Elle faillit bouger le bras. Ils ignoraient combien ils étaient lents. Il la vit lorsqu'elle faillit bouger le bras. Sa main jaillit.

Il avait aiguisé ses talents. Il les avait dégauchis.

Sa main jaillit et saisit son cou fin et nu. Il la tenait par le cou. Il avait la main autour de son cou et il serrait tout doucement. Vous n'auriez jamais imaginé qu'il puisse serrer aussi doucement, un homme aussi fort.

Mais il a fait ça souvent. Ce n'est pas un débutant à ce jeu. Ce n'est pas un bizut. Pas un novice. Il l'a déjà fait une ou deux fois. Il sait qu'il faut serrer doucement. Il sait qu'il faut serrer délicatement, si vous voulez que ça dure.

Il la regardait suffoquer, haleter, agoniser entre ses doigts. Ça faisait gonfler son courage. Il se sentait si fort en la contemplant de toute sa hauteur, de l'intérieur de sa capuche en nylon. Il aimait ce moment, le moment où il serrait. Il aimait aussi le moment qui suivait. Il ne savait jamais vraiment quel moment il préférait. Le moment de l'étranglement, de l'étouffement, de la suffocation. Ou bien le moment de la morsure, de l'estoc, de l'évidage. Il les aimait tellement l'un et l'autre que c'en était douloureux.

Mais il ne les laissait jamais mourir sur lui. Pas en les étranglant. Il ne les tuait jamais en les étranglant. Il ne les laissait jamais étouffer, ce qui nécessitait une rare dextérité. Il se contentait de les étrangler doucement, délicatement, légèrement, jusqu'à ce qu'elles s'affaissent, que leurs jambes deviennent molles, qu'elles soient comme du beurre fondu entre ses mains.

Il serra et la sentit sur le point d'étouffer sous ses doigts. Un frisson lui parcourut tout le bras, comme chaque fois. Ça le fit frissonner de la sentir qui étouffait, sous la pression délicate de ses doigts.

XXI

— Tu prends combien, chérie ?

Il était plus costaud qu'il n'y paraissait vu de loin. A en juger par sa voix, il était natif du Tyneside[1]. Il avait la voix du Tyneside. Son visage du Tyneside était invisible sous sa capuche de lépreux. Elle aurait été incapable de mettre un visage sur cette douce voix du Tyneside. Il portait une écharpe autour du visage, et une capuche sur la tête. Il n'était pas né de la dernière pluie. C'était peut-être un lépreux, mais il n'était pas né de la dernière pluie.

Il s'était approché dans son dos pour murmurer à son oreille. Ce sifflement dans son oreille. Ce doux sifflement de Newcastle qui touchait son oreille. Quand elle se retourna et découvrit avec étonnement comme il était grand et fort, elle ressentit la vieille peur familière. La peur monta et murmura à son oreille.

— Tu prends combien, chérie ?

Elle a toujours aimé l'accent du Tyneside. De tous les accents, c'est son accent préféré. Elle le lui aurait bien dit, mais il l'obligea à se taire. Elle essaya de bouger le bras, sans savoir combien elle était lente. Elle vit jaillir sa main et la sentit serrer son cou.

Il avait aiguisé ses talents. Il les avait dégauchis.

1. Tyneside : région industrielle du nord de l'Angleterre. (N.d.T.)

Elle sentit ses doigts serrer délicatement son cou. Elle les sentit presser légèrement. Si légèrement, si fermement, elle les sentit masser la chair inexistante autour de son cou. Elle sentit ses poumons se vider, la nuit noire noircir autour d'elle. La capuche du lépreux sans visage la toisa. Il pressa ses doigts doux autour de son cou, et se mit à serrer pour chasser le dernier souffle de vie de ses poumons pas tout à fait morts. Elle sentit qu'elle glissait vers une mort lente et furtive.

Pas maintenant, essaya-t-elle de dire. Je ne suis pas encore prête. Tu m'as eue par surprise. Recommençons. Je débute simplement. Tu ne peux pas m'éliminer maintenant. Encore une chance. Juste une. Laisse-moi encore une chance.

Elle glissait, elle tombait, elle plongeait. Ses jambes devinrent molles, cédèrent, son corps était comme du beurre. Et soudain, comme s'il avait lu dans ses pensées, elle sentit ses doigts se desserrer. Les doigts se desserrèrent autour de son cou. Il l'enlaça. Il l'attira contre son ventre. Il plaqua sa bouche contre son crâne et murmura avec son accent du Tyneside dans ses cheveux balayés par le vent.

— Baby, baby, baby.

Elle le laissa plaquer sa faiblesse contre son ventre. Elle sentit gonfler le courage du lépreux. Il la tenait dans ses bras et murmurait des paroles tendres dans ses cheveux. Elle classait son « baby, baby, baby » en tête de ses accents favoris. Elle le lui aurait dit s'il lui avait posé la question, si ça l'avait intéressé de le savoir.

Ce n'était pas juste de finir à la jetée Ouest. De finir son week-end sous la jetée Ouest. Tout ce qu'elle avait fait, et pendant tout ce temps, son destin, dissimulé sous une capuche, l'attendait sous la jetée Ouest.

Elle était incapable de bouger. Elle était comme du beurre contre son ventre. Il sanglotait dans ses cheveux. Baby, baby, baby. Il la plaqua contre son ventre. Elle avait le visage contre son blouson en nylon. La fermeture Eclair s'enfonçait dans sa joue. Elle était comme du beurre, du beurre fondu, entre ses mains.

— Je ne te ferai pas mal, disait-il. Je ne te ferai pas souffrir.

Il pressa son visage contre lui et pleura dans ses cheveux.

— Tu ne devrais pas te promener sur la plage.

Il embrassa son oreille gelée.

— Tu ne sentiras rien, tu verras.

Il massa son cou qui battait fort.

— Mais si tu sens quelque chose, dis-le moi.

Il la tenait dans ses bras. Il croyait l'aimer.

— C'est simplement de la curiosité.

Les sanglots cessèrent. Il se ressaisit.

— J'aime bien savoir ce que les dames mangent au petit déjeuner.

Elle se sentait si faible. Elle était incapable de bouger. Elle attendait que sa vie défile devant ses yeux. La mer bouillonnait à ses pieds. Bientôt, il la tuerait. Elle les avait toujours laissés s'approcher trop près. C'était un défaut, elle le savait. Bella de Brighton sur la plage. Qui va mourir. Incapable de bouger le moindre muscle.

Juste une dernière chance. Un dernier essai. Elle n'échouerait pas cette fois. Elle se sentait très faible, mais elle n'éprouvait aucune peur. Elle ne ressentait aucune peur. Elle vainquit sa peur et la regarda s'écouler. Goutte à goutte, sa peur s'écoula.

Il manquait de finesse. Il sentait gonfler son courage, mais il ne sentait pas la peur de Bella qui s'écoulait petit à petit. Il était insensible aux autres. Il était incapable de ressentir ce qu'ils ressentaient. Il ressentait uniquement ce que lui-même ressentait. La tenant d'une poigne de fer, il glissa l'autre main à l'intérieur de son manteau. Il ignorait ce qu'il risquait. Il ignorait ce qu'il perdait. Il ignorait qu'elle ne ressentait aucune peur. Incapable de ressentir ce qu'elle ressentait, il glissa la main à l'intérieur de son manteau pour essayer de ressentir la seule chose d'elle, à ses yeux, qui valait la peine d'être ressentie.

Il glissa la main dans sa jupe. Il fit claquer l'élastique

de sa culotte. Il avait glissé la main à l'intérieur de son manteau léger, de sa jupe, et il fit remonter son doigt jusqu'à la fente desséchée. Il plia les jambes pour écarter les siennes. Il murmura à son oreille : « N'aie pas peur, mon amour ».

Elle sentit la main sous son manteau qui commençait à la tâter. Il serra le poing. Les rebords de sa chevalière entaillaient les lèvres. Elle savait qu'il allait enfoncer son poing en elle. Il allait enfoncer son poing serré en elle. Et après, il le ferait tourner, et la bague lui déchirerait le ventre.

Il la tenait d'une seule main ; de l'autre, il la tâtait. Il la tenait comme dans un étau. Il la tenait solidement. Mais pas suffisamment. Allons, une dernière chance, un ultime essai, elle espérait réussir cette fois.

D'une chiquenaude, elle ouvrit son couteau à cran d'arrêt. Elle appuya sur le bouton. La lame jaillit. Elle la lui enfonça dans le flanc. Elle la plongea à travers le nylon de son anorak ; la lame pénétra entre les côtes et rencontra quelque chose sur le côté. Elle la plongea en lui. La lame le taillada à l'intérieur. C'était peut-être le foie, elle n'en savait rien. Il la plaquait contre son ventre, prêt à lui faire mal avec son poing, et elle le poignarda rapidement dans le flanc.

Il avait glissé la main dans son manteau, sous sa jupe ; il s'apprêtait à enfoncer tout son poing dans son intimité, lorsqu'un objet brûlant lui transperça le flanc. Il sentit un fer chauffé à blanc s'enfoncer dans sa peau. Elle lui avait peut-être transpercé le foie, il n'en savait rien. Il la repoussa. Il retira la main avec laquelle il avait exploré l'intérieur de son manteau léger et la plaqua sur son flanc. Un liquide gluant coula sur ses doigts. Une tache humide et sombre s'étalait sur sa paume. Elle l'avait poignardé. Cette salope l'avait poignardé. Elle l'avait poignardé, alors qu'il avait embrassé ses cheveux.

Elle l'observa qui contemplait ses doigts tachés. Aucune lumière pour discerner le rouge écarlate sur ses doigts. Elle aurait pu lui dire, s'il le lui avait demandé, de ne pas glisser la main dans son manteau. Elle aurait pu lui dire qu'il fallait les deux mains pour maîtriser une Bella. Il fallait la tenir fermement, avec vos deux mains, sinon elle sortait son couteau persan à cran d'arrêt pour vous poignarder dans le flanc.

Il était effrayé de voir ses doigts tachés de sang. Son courage s'écoulait goutte à goutte. Il avait envie de repartir à zéro. Il sentait son courage l'abandonner. Adieu, disait-il. Salut, mon vieux. Il est temps de se quitter. Il éprouva le besoin de lécher ses doigts gluants. Il regarda son courage partir d'une démarche joyeuse.

— Ne t'en va pas, cria-t-il. Ne m'abandonne pas maintenant.

— Ne t'en fais pas, dit-elle, avant de le poignarder de nouveau.

Et ces coups de couteau, quand elle le poignarda, avaient quelque chose d'étrange. Ce n'était pas comme les coups de marteau sur Timothy. Ce n'était pas comme lorsqu'elle avait achevé Norman. Ce n'était pas comme lorsqu'elle avait réduit Reggie en bouillie. Ce n'était pas comme son tir au pigeon triomphal dans l'impasse.

Poignarder quelqu'un, découvrit-elle, était un acte étrangement intime. Il fallait de la délicatesse pour faire entrer le couteau avec une telle précision. Poignarder quelqu'un, découvrit-elle, c'était le connaître. Il fallait s'approcher si près. Vous ne pouvez pas être distant quand vous poignardez. Placez votre confiance dans votre épée, et enfoncez votre épée dans son flanc. Mais vite, proprement, sans méchanceté. Un petit coup ici, un grand coup là. Vous enfoncez le couteau. Vous le ressortez. Vous l'enfoncez de nouveau.

Il sentit le couteau entrer et sortir. Il sentit le couteau en lui. Il ignorait qu'un couteau pouvait faire si mal. Il en aurait pleuré, s'il en avait eu la force. Ce n'était pas bien, ce qu'elle avait fait. Ce n'était pas juste. S'il avait su qu'elle avait un couteau, il serait resté sur ses gardes. Il l'aurait éventrée immédiatement. Elle aurait dû le prévenir. Cette putain aurait dû le prévenir. Elle n'avait pas joué le jeu. Et dire qu'il la prenait pour une dame. Il sentit le couteau entrer et sortir.

Elle devait faire vite maintenant. Le problème avec le couteau, le truc dont vous devez vous souvenir, si vous avez envie d'en avoir un, c'est que sa force dépend de la main qui le tient. Et si la main n'est pas forte, elle doit être rapide. Elle doit l'enfoncer rapidement en lui, ici, là, partout. Elle doit le poignarder partout où elle le peut, avant qu'il saisisse le poignet qui soutient la main qui tient le couteau, et le brise comme une brindille.

L'acharnement avec lequel elle le poignarda fut très impressionnant à voir. Elle ne pouvait plus s'arrêter. A chaque coup de couteau, un petit grognement circonspect s'échappait d'entre ses lèvres. Elle grognait en le poignardant, mais discrètement, comme une dame. Et à chaque coup de couteau, il grognait en retour. Ils grognaient chacun leur tour. On aurait dit un couple en train de faire l'amour, grognant dans l'obscurité de la jetée.

Cette frénésie, cette folie effrénée et tourbillonnante l'épuisèrent pour de bon. C'est une tâche physique et épuisante. Il restait planté là. Il suintait et giclait comme une prune trop mûre. Elle n'a pas encore porté le coup fatal, le coup mortel, létal et fatal, qui le fera tomber. Ce grand gaillard, elle devait le poignarder sans s'arrêter. Elle frappe avec la lame en remontant. Elle tranche l'écharpe nouée autour de son cou. Elle plonge le couteau sous sa capuche et lui fend le visage. Il titube, mais — pour la contrarier — il ne tombe pas.

— Je vais te dire une chose qui va te faire rire, dit-elle en s'arrêtant pour prendre un moment de repos bien mérité. J'aimais beaucoup ta voix.

Elle saisit le couteau à deux mains. Elle le souleva de toutes ses forces. Elle enfonça la lame dans sa poitrine, dans son sein battant, son cœur de ténèbres palpitant, sans vouloir employer un cliché.

Il serra ses mains dans les siennes. C'était une scène touchante. Son cœur faisait palpiter l'acier. La lame vibrait à chaque battement. Son pouls faiblit. Il lui souffla une dernière fois au visage son souffle de lépreux. Elle crut l'entendre dire qu'il s'appelait Jack.

Il gicla comme elle faisait gicler les hommes. Il se répandit sur elle, sans la moindre retenue. Il la couvrit de sang, puis il s'effondra. Elle le regarda tomber à genoux. Le phare éclaira son visage de lépreux. Il semblait perplexe. Elle avait envie de lui expliquer, de lui dire pourquoi il devait mourir. Elle le vit retirer le couteau de sa poitrine, tenter de se relever ; elle l'entendit soupirer, et elle le regarda s'effondrer dans le ressac.

Il chavira dans les vagues. Elles le retournèrent. Il dansait au gré des flots. Elle le regarda flotter sur le ventre, impatiente de le voir sombrer. Il allait et venait devant elle, épave du Tyneside. Demain, on raconterait qu'un autre corps s'était échoué sur la plage de Brighton. Elle s'était toujours demandé d'où ils venaient ; maintenant, elle pensait connaître la réponse.

Il avait saigné partout sur son manteau léger. Elle serait obligée de l'abandonner sur la plage. Toute cette saleté, ce gâchis, elle ne s'y ferait jamais.

Il aurait pu deviner, il aurait dû savoir. Elle aurait pu lui dire, s'il le lui avait demandé. Elle aurait pu lui dire de ne pas prendre cette peine. Elle aurait pu lui dire à haute et intelligible voix. Elle aurait pu lui murmurer à l'oreille :

Si vous voyez une femme marcher, si elle rentre tranquillement chez elle, si vous la voyez passer sans bruit devant vous sur le trottoir. Si vous avez envie de briser ses os fragiles, si vous avez envie d'entendre ses supplications désespérées, si vous avez envie de sentir la peau rose se contusionner, et si vous avez envie de goûter la peau tendue qui saigne.

Si, en la voyant, vous avez envie d'elle.

Réfléchissez. Ne la touchez pas. Laissez-la poursuivre son chemin. Ne plaquez pas votre main sur sa bouche et ne la jetez pas à terre.

Car sans le savoir, sans réfléchir, sans le vouloir, vous aurez peut-être posé votre grosse main sur Bella. Or, elle s'est réveillée ce matin et s'est aperçue qu'elle n'en pouvait plus.

[illegible]

[illegible] une [illegible] le [illegible]
[illegible] place [illegible] son [illegible]
sont des peuples. [illegible] ment [illegible]
[illegible] dire [illegible] qu'il [illegible] manche. [illegible] ne [illegible]
[illegible] rien, [illegible] trouv [illegible]
de [illegible], qu'elle [illegible] Cela
Il couche dans les wagons [illegible] gare [illegible]
[illegible] d'un [illegible] Elle [illegible]
[illegible] sente de [illegible] simple, et [illegible]
[illegible] qu'il [illegible] que [illegible] mais [illegible]
qu'[illegible] corps [illegible] plus [illegible]
Elle [illegible] toujours demande d'où il venait [illegible]
[illegible], elle [illegible] connaître la réponse.
Il y avait une [illegible] sur son manque [illegible]
[illegible] de [illegible] son [illegible]
[illegible], elle [illegible]
Il [illegible] il aurait [illegible] Elle [illegible]
lui [illegible] qu'il [illegible] Elle [illegible]
de ne pas [illegible] Elle [illegible] pu [illegible]
[illegible] voir. Elle [illegible]
[illegible]

Si vous [illegible], [illegible] si elle [illegible]
[illegible] chez elle, [illegible] yeux, [illegible]
[illegible] sur le [illegible] Si vous avez [illegible]
[illegible] si vous [illegible]
[illegible] une [illegible] de [illegible]
[illegible] si vous [illegible]
[illegible] la [illegible] qui [illegible]
[illegible]
[illegible] vous [illegible]
[illegible] vous [illegible]
[illegible]
[illegible]
[illegible] elle [illegible]
[illegible] elle [illegible]
[illegible]

COLLECTION « NOIR »
CHEZ POCKET

BERNARD ALLIOT
Eaux troubles

WILLIAM BAYER
Hors champ
Punis-moi par des baisers
Voir Jérusalem et mourir

ROBERT BLOCH
Autopsie d'un kidnapping
L'éventreur
L'incendiaire
La nuit de l'éventreur
Un serpent au paradis

JAMES M. CAIN
La femme jalouse
La femme du magicien

RAYMOND CHANDLER
Nouvelles (2 tomes)

ROBIN COOK
Mutation

MILDRED DAVIS
La chambre du haut
La voix au téléphone

LOREN D. EASTLEMAN
Le pro

ARTHUR CONAN DOYLE
Les aventures de Sherlock Holmes
Le chien des Baskerville
La vallée de la peur

BRIAN GARFIELD
Poursuite

ELIZABETH GEORGE
Enquête dans le brouillard
Cérémonies barbares
Le lieu du crime
Une douce vengeance
Pour solde de tout compte

SUE GRAFTON
" A " comme Alibi
" B " comme Brûlée
" C " comme Cadavre
" D " comme Dérapage
" E " comme Explosif
" F " comme Fugitif
" G " comme Gibier
" H " comme Homicide
" I " comme Innocent
" J " comme Jugement

MARTHA GRIMES
L'auberge de Jérusalem
Le vilain petit canard
Le crime de Mayfair

PATRICIA HIGHSMITH
L'art du suspense

ALFRED HITCHCOCK
Histoires terrifiantes
Histoires épouvantables
Histoires abominables
Histoires à lire toutes portes closes
Histoires à lire toutes lumières allumées
Histoires à ne pas fermer l'œil de la nuit
Histoires à déconseiller aux grands nerveux

Histoires préférées du maître ès crimes
Histoires qui font mouche
Histoires sidérantes
Histoires à claquer des dents
Histoires qui riment avec crime
Histoires à donner le frisson
Histoires à lire avec précaution
Histoires drôlement inquiétantes
Histoires percutantes
Histoires à faire froid dans le dos
Histoires à donner des sueurs froides
Histoires à vous glacer le sang
Histoires à suspense
Histoires à frémir debout
Histoires à vous faire dresser les cheveux sur la tête
Histoires renversantes
Histoires qui font tilt
Histoires à faire pâlir la nuit
Histoires noires pour nuits blanches
Histoires à vous mettre K. -O.
Histoires diaboliques
Histoires fascinantes
Histoires qui virent au noir
Histoires à vous couper le souffle
Histoires à faire peur
Histoires ténébreuses
Histoires à lire et à pâlir
Histoires ciblées
Histoires à rendre tout chose
Histoires en rouge et noir

WILLIAM IRISH
Concerto pour l'étrangleur
Une étude en noir
Lady Fantôme
Nouvelles (2 tomes)
Rendez-vous en noir

CHARLES KING
Mama's boy

DICK LOCHTE
Temps de chien

ED MCBAIN
Downtown
Escamotage
Poison

JEFFERSON PARKER
Un été d'enfer

DAVID M. PIERCE
La neige étend son blanc manteau
Rentre tes blancs moutons
Le petit oiseau va sortir
Sous le soleil de Mexico

JACK RICHTIE
L'île du tigre

LAURENCE SANDERS
L'homme au divan noir

GEORGES SIMENON
L'affaire Saint-Fiacre
L'amie de Madame Maigret
L'âne rouge
Les anneaux de Bicêtre
Au bout du rouleau
Au rendez-vous des Terre-Neuvas
Les autres
Betty
La boule noire
La chambre bleue
Le charretier de la providence
Le chat
Chez les Flamands
Le chien jaune
Les complices
Le coup de lune
Un crime en Hollande
Le crime impuni
La danseuse du Gai-Moulin
Le destin de Malou

L'écluse n° 1
En cas de malheur
Les fantômes du chapelier
Les fiançailles de Monsieur Hire
Le fond de la bouteille
Le fou de Bergerac
La fuite de Monsieur Monde
Les gens d'en face
La guinguette à deux sous
Le haut mal
L'homme au petit chien
L'homme de Londres
Liberty Bar
Maigret
Maigret et les braves gens
Maigret au Picratt's
Maigret s'amuse
Maigret et le voleur paresseux
Maigret et la grande perche
Maigret et le corps sans tête
La maison du canal
Marie qui louche
Mémoires intimes
Monsieur Gallet décédé
La mort d'Auguste
La mort de Belle
La nuit du carrefour
L'ombre chinoise
Le passager clandestin
Le passager du Polarlys
Pedigree
Le petit saint
Le pendu de Saint-Phollien
Pietr-le-Letton
Le port des brumes
La porte
Le président
Le relais d'Alsace
La rue aux trois poussins
Strip-tease
Tante Jeanne
Les témoins
La tête d'un homme
Le train
Les treize coupables
Les treize énigmes
Les treize mystères
Un nouveau dans la ville
Une confidence de Maigret
Une vie comme neuve
Le veuf
La vieille

Rosamond Smith
Œil-de-serpent

Dorothy Uhnak
Victimes

Andrew Vachss
Blue Belle
Hard Candy

Jack Vance
Charmants voisins
Lily street
Méchante fille
Un plat qui se mange froid

Minette Walters
Chambre froide
Cuisine sanglante
La muselière

Helen Zahavi
Dirty week-end

Le livre noir du crime
Bonnes vacances
Histoires de crimes parfaits
Histoires d'agresseurs
Histoires d'arnaqueurs
Mômes, sweet mômes
Place d'Italie
Le Salon du Livre

Achevé d'imprimer en février 1997
sur les presses de l'Imprimerie Bussière
à Saint-Amand (Cher)

POCKET - 12, avenue d'Italie - 75627 Paris Cedex 13
Tél. : 01-44-16-05-00

— N° d'imp. 473. —
Dépôt légal : juin 1992.

Imprimé en France